U0016333

不是所有

親密關係　都叫做

愛情

——陳雪

目錄

輯一
是非題：在愛裡，界限分明

在愛情裡，那些美好的

在愛情裡，溫柔練習

輯二
選擇題：在愛的岔路口，我願為你停留

在愛情裡，那些美好的

在愛情裡，溫柔練習

輯三

申論題：愛有千百種樣貌，而我試著遇見

在愛情裡，那些美好的

在愛情裡，溫柔練習

分不清是他先疏遠你
還是你先疏遠他

輯一

是非題：在愛裡，界限　　　分　明

天臺上的戀人

在夢裡，你又回到你們相愛時居住過的那條街，你們住在四樓，樓下就是小吃街，白日熱鬧到天黑，車聲人聲喧囂，那時你們還是學生，只租得起這樣的小屋，寄居在大馬路旁四樓的分租公寓，兩個人住一房一廳，煮飯得到天臺，小小的爐火擱在臨時搭蓋的木架子上，在洗手檯裡放一個塑膠盆洗菜，電鍋擺在屋裡的冰箱上，烤箱放在地板，烤完麵包得再收起來。小鍋小盆小飯碗，磕磕碰碰地，只怕隨時要打破。

那時候大多外食，就在樓下的各種小吃店買食物，填飽肚子就好。有一段時間，他準備律師資格考，你在一家小公司上班，兩人只剩下一份收入，他說，我來準備伙食吧，節省開銷。那段時光，每天都是他準備三餐。他是翻食譜學的做菜，一開始七手八腳地，盡量煮些容易的食物，熱湯麵、煮水餃、蛋炒飯，網路上學來的，蕈菇炊飯，把蕈菇跟蒜頭爆香，肉絲或雞丁炒一炒，和著白米一起進電鍋煮，加上調味，煮出來就是一鍋炊飯，香得很。然後再加上一鍋熱湯，湯裡可以放耐煮的蔬菜，再放些肉片，感覺什麼營養都有了。

其實他做什麼你都吃得很香，一個大男人，平時埋首書堆，一抬起眼，看看時間，感覺快來不及了，急急忙忙在那兒洗菜切菜，淘米煮飯，光是想著就心疼。你有時加班，肚子很餓了，也捨不得先買個東西墊肚子，非得趕回家吃飯，爬上兩層樓，還沒進屋，就聞到飯菜香了。打開門，他笑咪咪地，你問：「今晚什麼好吃的啊？」他笑笑說：「你猜。」

其實你看見了，桌子上一盤白胖胖的。

「餃子啊！我愛吃餃子。」你說。

「今天我自己包的餃子。」他說。

「怎麼想到自己包餃子？」你邊脫外套邊走向書桌，吃飯時得把書桌淨空，書桌變餐桌，他笑笑說：「你說愛吃餃子啊，最近白菜好便宜，想著自己來做做看。」

「功課做完啦，還有閒情逸致包餃子。」你從背後摟住他。

那一年你吃過好多他做的食物，皮太厚的餃子，皮太薄的餃子，終於厚薄適中的餃子。你吃過炒太糊的炒飯，料太多的炒飯，也吃過太鹹的炒飯，每一種你都微笑吃完，他笑你：「未免太好養了吧！」你摸摸肚子說：「伙食太好，都養肥了。」寒冷的冬天，你在陽臺上洗碗，他打了盆熱水過來，給你添暖，過了一會還是不放心，「我來。」他接過你的碗，兩人推來讓去，其實已經洗得差不多了。

隔年情人節，是他的生日，你說今天怎麼也得換我來煮飯，他笑笑說，今天不吃家裡，去餐廳。

那是你看了好久的一家西餐店，義大利麵啊，你最喜歡白酒蛤蜊麵，他則吃瑪格麗特披薩。他加點了一瓶酒，看到價格你心痛得要死啊，他笑笑說：「我考上了。」把榜單給你看了看。你看了又看，不可置信的樣子。「真的考上了。以後再不必包餃子了。」他鄭重地說。

你從夢裡醒來時，鼻腔裡彷彿都還有那屋子裡殘留的，老屋子特有的，經年累月時光積攢，陳舊的氣息。

年輕時你想著的總是將來的我們，以及永遠的我們，好像時光不曾也不會偷走或置換，任何你心愛的事物。你每次走上那棟搖搖欲墜的樓，想到的都是光明遠大的未來。

後來你們搬離了那棟樓，住進了一棟嶄新的樓房，屋子還買不起，但可以租得像樣了，有自己的廚房，嶄新的爐具，功能齊全的烤箱。很快地，他的工作就上手了，升職、加薪，隨之而來的加班與出差，永遠也做不完的案子，每天他都是搭電梯回來的，悄無聲息，廚房很少開伙，冰冷的碗盤、廚具，像是藝術品一樣展示，你也加班得很厲害，偶爾打開爐火，都是為自己煮泡麵。

是誰說過的，「廚房是家的心」，倘若這是真的，那麼你們真正的心都留在那個有天臺的小屋了。

輯一
是非題：在愛裡，界限　分 明

分不清是他先疏遠你，還是你先疏遠他，弄不明白到底是工作太累，所以彼此之間有了距離，還是彼此有了距離，所以更投入在工作裡。「我不想再過苦日子了。」他說，「難道你就不能體諒我？」他又說。

有一次你看他在餐廳點菜的樣子，他高聲點選那些名字你聽不懂的紅酒跟西餐，對服務生趾高氣揚，你心裡突然知道，早晚他會甩掉你，就像甩掉住在四樓的回憶，甩掉那些在寒風中包水餃、洗碗澆花煮飯炒菜的日子。

後來的日子。你每回走上樓，都擔心今天就是他宣布分手的日子，有時他給你買禮物，買得太貴重了，你會感到焦慮。他若帶花回來，你就疑心，會不會是分手的徵兆。他說了很多次愛你，卻總是逃避結婚的話題，他時常在浴室裡偷看手機，神秘地接聽電話，每天夜裡你忍耐著偷看他手機的衝動，心想無論如何自己都不要墮落到那一步。但你沒事就跟他吵，想看手機、想詢問加班時到底去了哪？想知道出差那些夜晚，是不是有女同事跟著一起，你吵累了，就問自己，為什麼我這樣沒信心？答案明明白白，你跟不上他的腳步了，那個曾經為你包餃子的大男孩，已經成為事業有成的成熟男子，卻讓你感到陌生。畢竟當年洗手作羹湯的人是他不是你，仔細想想，他沒欠你什麼，只是漸漸地不愛你了。

悲劇故事總是叫人唏噓，難以忘懷的總是不完美的結局，可是你不要看到他離開你，你不要讓他感到歉疚。是你提的分手，他沒多加挽留。

分開之後，你不知道當時他到底怎麼想的，但很快地，聽說他有對象，就結婚了。後來你也談了一段平凡的戀愛，終於過著不會提心吊膽的日子，婚後小日子過得簡單，心裡不再感到焦躁。有人說共患難難，可是你知道，患難容易見真情，日子容易了，有些人就不會愛了。

男孩看見野玫瑰

女孩熱情、好奇、敏感，但凡有趣的人生經驗，她都想體會，她能輕易地讓人愛上她，但每一次她都失望離開。

男孩相對不容易戀愛，不輕易下決心，當然也就不容易毀諾。

他們在同一個公司不同部門，每天會在茶水間相遇，在附近的小吃店、咖啡店前後排隊，是男孩先說：「要不要一起坐？」因為相遇的次數太多了，沒有誰刻意，是喜好相同的緣故。

秋天的咖啡店，中午供應商業午餐，誰不是匆匆忙忙趕吃一頓飯，看能不能抽空再多休息一會，可是他們倆吃飯都慢，一起用餐時，就吃得更慢了，男孩說起公司中庭裡有一棵樹，樹上窩著一隻鳥，築了巢，雛鳥新生，女孩笑笑說：「想不到你還能看得那麼高？」

「是先聽見了鳥叫聲。」男孩說，「就循著聲音找了去。」「有一回看見你，也在樹下看著那窩鳥。」

女孩沒有露出以往擅長撩撥人的微笑，她收斂著表情，思考。

男孩沒說出口的是，他知道女孩喝很多溫開水，每回到茶水間，都會把保溫瓶加滿水，當別人都在喝珍珠奶茶時，女孩喝的是紅糖薑茶，想來是身體不好，容易發寒，會生理痛，男孩想起故鄉奶奶給的湯婆婆，有一次在茶水間給女孩送了去。

女孩大約知道了男孩的心思，是那種體貼入微的男子吧，在家裡應該是會燒飯，可以把房間整理得很乾淨的人。

誰不想要一個這樣的男朋友呢？

可是女孩不想要。過去她所經歷的溫柔體貼，不知道為什麼最後都變成了控制，那些擅長理家的男人，最後都會不滿於她的狂野。

「不要對我那麼好。」女孩說，「我會傷你的心的。」她說的句句是真，沒有半點矯情。

「就是一起吃吃飯，一起看天空，可以嗎？」男孩說。女孩心想，就是你這樣羅曼蒂克的一顆心，最後才會傷痕累累。

那時女孩正處在一種虛無的狀態，心想著自己談過那麼多戀愛了，原來戀愛會讓人精疲力竭，最後再多的愛也不能讓你快樂，那些不合適的愛都成了束縛。她渴望友誼，但那竟比愛情更為稀罕。

依然是茶水間的相遇，女孩精神好時，喝很多咖啡，遇上了喝紅糖薑茶的日子，特別暴躁。

男孩的上司比女孩更暴躁，他到茶水間時，有時一張臉都是青色的。女孩問他怎麼了，男孩低聲說了被刁難的事，女孩靜靜聽，聽完用手拍拍他的肩，說：「辛苦了，一起加油！」男孩聽完，兩人擊掌，有點哥兒們的意思。

這樣開始也滿好的。誰也不寄望誰成為救星，誰也不去拖累誰。

他們共度了一個業績慘澹上司狂暴的季節，一個人挨罵了，另一個人就給予鼓勵，兩個人都挨罵了，就合吃一份奶油鬆餅，這時又有點閨密的感覺。女孩漸漸放下防衛。

然後是公司團體旅遊的日子。

上了大巴士，當然就坐一起，分食著帶來的零食，互相幫對方拍照，男孩這時才知道，因為得罪過一個同事，女孩在公司裡連一個朋友都沒有了。女孩名聲不好，女同事都避著她。曾經追求過愛慕過她的男同事，也都有點怕她了。

一個漂亮又受傷的人。

入冬了，女孩裹著厚厚的圍巾，長髮被風吹亂，她早已不講究打扮，盼望自己變得越渺小越好，以免別人看了礙眼。

在人群裡，他們成了兩個小小的點，盡量不要發光，盡可能低調，男孩這時才體會到，自己對她的好，恐怕也要成為人們攻擊她的理由。

心疼的感覺是在一瞬間上升成為了愛情。也是在那一瞬間，他決心要好好成為她最忠實的朋友。

他開始不畏人言地與她相熟，一起吃飯，一起喝茶，一起去運動，一起熬夜趕報告。公司裡謠言開始傳起來了。

有人來勸他：「那是個蛇蠍女子啊，要小心。」

男孩說：「不是每段關係，都得有一個受害者。」

女孩從來沒有期盼男孩捧起她的臉吻她，她想要的是更為堅實的感情，比如現在這樣，一起歡樂，一起憂愁，一起吹風，一起淋雨，不會有人突然問她：「要不要嫁給我？」「要不要我們永遠在一起？」

她知道自己還在學習，她還沒從那些易於幻想、易於破滅的愛情故事裡清醒過來，她知道別人怎麼說她，她覺得自己也不無責任。

她需要的就是慢一點開始戀愛，然後可以戀愛得久一點。兩年？三年？她不知道她需要學習多久，才可以再度戀愛。男孩沒有催促她。

後來他們被調到不同的大樓上班，要見面，就得刻意約了。

不知道是誰開的頭，開始寫起了交換日記，女孩字跡狂野，正如她狂野的情史，日記裡滿滿都是過去。男孩字跡如他性格的沉穩，他談及自己的愛好，聽的音樂，中學裡父親因病去世，他如何陪伴悲傷的母親。

午飯時交換一封信，回家慢慢讀，慢慢回，見面的時間變少了，卻好像更加理解對方。

一年過去了。

男孩升了職，女孩加了薪，不知為什麼，公司裡的人不再那麼討厭她了，她慢慢有了一兩個可以一起吃午餐的朋友，男孩越來越常在午餐時間開會，書信寫得少了，中庭樹上的鳥兒離巢，只剩下空空的鳥巢，像一張舊照片。

女孩穿著漂亮的衣裳，跟女同事去看電影，她又有了可以一起逛街的閨密，她很開心。

又過了一年。

她想起一直在追問自己的那些話。你準備好了嗎？你現在不會傷他的

022

心了嗎？她對著空氣用力點頭，我有把握了。但又嘲笑自己傻。

那一次在中庭偶遇，男孩穿著西裝的樣子好挺拔，他已經不是以前那個稚嫩的男孩了，她不知道要怎麼對他說明，他對於她的意義，她只是一再地說：「謝謝你，那些日子，我學會了很多事。」

男孩第一次鄭重牽起她的手，她才知道他是那麼高大啊，怎麼過去竟以為他會輕易受到傷害。

「那你準備好了嗎？」男孩問她。

原來他們想著一樣的問題，像是永遠也不需要回答，答案卻又千真萬確那樣，女孩沒有出聲，只是任由眼淚滴落面頰，也不去擦拭它。

不是每段關係都得有個受害者，女孩想起男孩說過的，才知道，他們已經戀愛很久了，只是自己不知道而已。

為你點亮一盞燈

他們相識於一間音樂教室，那時，她是老師，他是學生。

大學畢業，進出版業當編輯第三年，因為分租的公寓裡有一架房東留下的鋼琴，他突然心生學鋼琴的念頭，年近三十歲，身高一八五，看起來像是運動員的大男人，害羞地走進了那家社區裡的音樂教室，與櫃檯接待人員談妥上課的價錢與時數，便被請入教室內的小包間，有一個當值的老師可以當場試教，接待人員事先聲明，如果覺得試教的老師不合適，還可以再換人。

那個小包間裡有個長髮女孩正在等待。

他的高大映照出她的嬌小，穿著碎花裙、戴金框眼鏡、長髮如瀑的女孩，不，該說是女人，淡淡妝容，微笑淺淺。老師自稱姓謝，他說自己姓李，大手大腳顯得空間很小，老師坐在琴椅上教學，問他能不能讀五線譜，他說以前學校學過，但恐怕需要複習，老師概要地為他複習，他很快就能讀譜了。

一小時感覺轉瞬即逝，下課前謝老師問他，有沒有喜歡聽的鋼琴曲，可以彈給他聽，他笑說自己不懂，老師彈什麼都好，老師便說，那我彈莫札特。曲名沒聽懂，倒是被老師的琴藝給驚呆了，看起來清秀溫和的老師，炫技般彈奏了一首聽起來就很困難的曲子，琴音高妙，雙手若蝶，起伏翻飛，目不暇給。

不知為何，他感覺有點悲傷。

琴藝這樣好的人，應該去當音樂家吧，他想著，老師以前還是學生時，一定也曾經是很有天分的孩子，是什麼因素讓她後來沒有當上音樂家，而成為按鐘點收費，在社區鋼琴教室教授兒童或像他這種成人初級鋼琴的老師呢？不知為何，老師清新的臉龐彷彿寫滿了故事一般，浮現出一種隱約的滄桑。或許是自己多想了。

他們最初就像尋常的師生，他在家照譜練習，牙牙學語似的。他喜歡謝老師在作業本上娟秀的字跡，交錯著他自己潦草的筆記，彷彿在作業本上對話。當回到鋼琴教室，他正襟危坐，小心翼翼地彈奏，他沒有天分，學習又太晚，但都無所謂，此後他的生活重心似乎都圍繞著這每週一次的鋼琴課，期待著老師聽他彈完練習曲後，為他演奏一首曲子，感覺像是他獨享的演奏會，他望著老師的側臉，看她揚起手，飛舞指尖，感受她努力要傳達給他的，關於音樂的美好。

他鼓起勇氣約老師出去，已經是學習三個月之後了，公司舉辦原著小說搭配電影放映會，貴賓席座位兩個。「想邀請老師一起觀賞。」他將票券與一張卡片放在信封裡，恭敬地遞給她，老師問了日期，偏著頭想了想，微笑說：「那天好像沒事，就一起去吧。」

七點鐘的電影，放映完畢時老師的臉上流著淚水，他沒敢動彈，等到大家都散場了，他們才離開。

「要不要一起吃點東西？」他問，老師點點頭。

他不知道自己哪來的膽子，在商店街走著的時候，就去握了老師的手，那雙在琴鍵上輕舞飛揚的手，握起來冰涼柔軟，老師沒拒絕，他就繼續握著，想把她的手握暖。

因為握著手不想放開，他們沿著商店街一路走，走到了附近的小公園。

公園裡有小孩玩的盪鞦韆，老師開心地盪著鞦韆，他幫老師把鞦韆推高，讓她盪下來，老師開心地大笑。一次一次推高，一次一次來回擺盪，彷彿自有旋律，他赫然感覺自己雖然跟老師說過的話不多，卻好像能體會到老師的某種心緒，這是不是叫做心電感應，或者某種頻道相近，他想起之前分手的女友總是怨他「沒有情調」，他不知道老師怎麼看待他，但他知道自己可以帶給她快樂。

在皎潔的月光下，他們在公園的長椅上並排坐著，空曠無人的夜間公園，路燈、盪鞦韆、溜滑梯，感覺他們像是結婚多年的夫妻，趁著孩子們都睡了，在自家附近的公園散步。

「我喜歡你。」他直接地表白了。

「為什麼呢？」她問。

「我第一次聽你彈琴就喜歡上你了，我覺得我們之間有共鳴。」他說。

她輕聲笑了起來，他臉紅了，難道是因為共鳴的詞太老套了嗎？

「我喜歡你的說法。」她說。說完，就把手心蓋在他的手背上。

「跟我交往吧！」他說。

那夜散步送她回她的住處，走了好遠好遠，途中，她悠悠說起自己在四歲那年被父母送去學鋼琴，她前二十年人生都為了成為鋼琴家而活，直到有一次鋼琴大賽之前，右手拇指突然疼痛難忍，不聽使喚，她放棄比賽，開始就醫，從手痛變成全身關節疼痛，到大醫院作了各種檢查，檢查出是類風溼性關節炎，一種自體免疫疾病，只能控制，無法治癒。

度過最初發病期，靠著意志力復原身體，她還是可以繼續彈琴，但已經受損的關節脆弱，手指無法產生連續爆發力，她知道自己再也無法成為頂尖的鋼琴家了。二十多年來她活著只為了一個目標，但那個目標破滅了。

「那真是瞬間世界就暗掉了。徹底的黑暗，看不到一點光。」

她在家裡荒廢了很久，不出門、不打扮、沒工作，連男朋友都離開她了，父母也不知道怎麼面對她的失落。她就這樣，度過了無所事事的六年。

直到去年初，父親因病倒下，家裡耗盡了積蓄，她得出門賺錢了，才開始在鋼琴教室上課，每週五天，在三個教室間流轉。學生從小到老，什麼年紀的學生都有，她不知道自己原來這麼適合當老師，後來她每次上課結束前，都會為學生彈奏一曲，她說：「我還可以彈琴，但不再為了比賽或表演，這樣讓我能夠好好活下去。」

「我有病喔，這個病不會痊癒，每兩個月都要進醫院，每天要吃很多顆藥丸。你確定要跟一個病人交往嗎？」她說。

他一直沒有放開她的手，在她說著自己的故事時，他一直流著眼淚，不敢讓她發現。

「我也是有病的人。」他說。「二十歲那年，我在客廳，看到了上吊的父親。那之後，我從沒有讓客廳的燈熄滅過。我看見你的時候，看到的就是一個心裡的燈曾經熄滅的人。」他說。

「跟我交往吧。我們一起護住那盞燈。」

他們斷續又說了很多話，把來時路又走回了頭，還沒有決定要到誰的家，最後他們把夜路走到天明，然後各自回家去，期待另一個明天。

當生命走到黑暗期，你一定非常孤獨，或許會有一個人出現，為你點亮一盞燈，也或許不會有那個人，但如果有了那個人，那麼你不但要珍惜他，更要珍惜你自己。

031

輯一

是非題：在愛裡，界限　　分 明

#遇見恐怖情人

從沒有人告訴過他，
戀人只是跟你戀愛，不是屬於你所有，
你可去愛、去關心，
但不能覺得你擁有對方、可以掌控對方。

一開始你以為遇上了真命天子，他熱情、浪漫、對大小事物用心都讓你感動，很多電影裡才會上演的浪漫橋段你都經歷了，九百九十九朵玫瑰的生日禮物，包下餐廳的情人節晚上，以及一篇一篇動輒數千字的Line情書，你從沒被人這樣疼愛過。

真正交往之後，他還是好細心，每天照三餐打電話給你問候，午餐吃什麼、跟誰吃，鉅細靡遺，你本以為那叫做關心。

每天接接送送，時常會有外送的蛋糕飲料鮮花水果，辦公室的女生都好羨慕你。

什麼時候開始變調的呢？

大概是從你時常去他那兒過夜開始，發生親密關係之後吧，他像變了個人似的，開始詢問你過往的戀情。你坦言談過三段，有過被外遇的經驗，那段經驗是最慘痛的，所以印象也最深，是大學的學長，交往三年，分手拖了很久。

那之後，他時常問起學長的事。聽說學長也在你們公司不同部門，總是擔心你們會私下見面。

「分手後不曾見面了。」你誠實地說，「見了會傷心啊。」

「為什麼會傷心？難道你還愛著他？」他問。

他反應太激烈，你不太敢正面回應了，「不願回想到不好的記憶。所以不想見。就算碰到了，也不會跟他打招呼。」你說。

那段時間工作很忙，時常加班，只要超過八點，他一定是奪命連環

call，有時你開完會，Line上的訊息已經上百條了，他簡直在寫作文。

「不能接電話，總可以傳訊息吧！」他憤怒地問。「在開會沒辦法看訊息啊！有什麼事回家再談不行嗎？」你反駁。

「你跟他在同一個公司我就是不放心。」他大喊。

你欲哭無淚。

那之後，他時常發怒，有一次你半夜醒來，發現他在偷看你的手機，也不知他怎麼解開你的密碼。

「為什麼要看我的手機？」你問。

「為什麼不能看？一定是有秘密吧！」他回得理直氣壯。

「就算是情人也有隱私權。」你說。

「光明正大的人不需要隱私權，像我，你要看我手機隨時都可以。」

他開始兇起來了。

嚴重爭吵後，他總是送上玫瑰花與禮物賠罪，溫柔體貼又彷彿從前一樣。但你逐漸感覺到他的控制欲，以前的噓寒問暖變成了查探行蹤，他自己想像出很多假想敵，還時常突然跑到公司探班。連同事都覺得他怪。

後來是不允許你單獨見朋友了，「為什麼我不能跟去，裡面有我不能見到的人嗎？」他怒問。以往你都會帶著他去見朋友，但一次有個男同事跟你開玩笑拍了你的肩膀，他勃然大怒，差點跟人起衝突，於是同事聚餐你也不讓他出席了。

「偶爾也應該要有跟朋友相處的時間啊，你也有朋友，不是嗎？」你問他。

「朋友怎麼會比情人更重要？」他說。

詳細核對行蹤、仔細追問細節、時常突襲檢查，他上演的都是連續劇的內容，問題是你們根本沒發生什麼事，他腦中好像自己創造了很多劇情。

他偶爾情緒失控會摔東西，你開始逐漸怕起來。

一次爭吵之後，他摔壞了你的手機。

不久後他買了更高檔的手機送給你。你婉拒，並且提議分手。

你提分手時，他先是勃然大怒，而後痛哭流涕，之後又溫柔懇求，他甚至都下跪了。你想起過往甜蜜時光，也想著他說的：「我是因為太在乎你了才會這樣。」你心軟了。

那次沒有分手，他有一陣子比較溫和，沒有追問行蹤，也不再疑神疑鬼，直到有一天你手機故障送修，才發現他在裡面安裝了追蹤系統。

「你這樣做超過我可以忍耐的限度了。」你憤而收拾行李回家。拒接他的電話。

此後就是一段驚心動魄的日子，他幾乎每天來站崗，你不理他，他就默默跟著你走到車站。夜裡，他的訊息像潮水一樣湧過來，憤怒與哀求交織，狂亂的語氣讓人發毛。

「為什麼不要我？是不是要跟學長復合？是不是把我用完了就丟？」

他一字一句都是怨毒，好像你做了傷天害理的事。

他日漸消瘦，時常翹班，你搬回家跟父母住，他還是來站崗，被你爸發現後威脅了他，他才沒再來。

想不到，接下來，他開始去公司鬧。

每天進公司，逢人就問學長，直到學長當面跟他對質，人家早就結婚生子，跟你已經多年沒說過話了。

那次跟學長對質之後，他似乎有平靜一些，多次想跟你復合，但你已經心灰意冷，再也不想跟他有瓜葛。他鬧了好幾個月，還鬧上過警局。

後來聽說他搬離了這個城市。但有時你回家的路上，還是感覺身後有人在跟蹤，你還是會怕，那樣的感覺過了好幾年才逐漸消散。

那段感情之後，你才逐漸理解自己是陷入了浪漫的圈套，凡是那種喜歡照三餐打電話的人，多少都有點控制狂，而喜歡製造驚喜、營造特別氣氛的人，得失心也特別重。熱戀時的萬言情書，若出於自願，必然也不會計較得失，但有些人寫萬言書，不是為了交流感情，只是在宣洩他的情緒，那種情緒一開始是愛，到後來就是抱怨與憤恨。

你回想自己也犯下錯誤，不該把控制當細心，對方企圖對你的過去刨根究底，是因為沒有安全感，而不是為了理解你。他早在一開始就顯露出恐怖情人的特質，對於關係患得患失，自己製造假想敵，而且怎麼溝通都無效。

你揣想著，或許他經歷過背叛、經過了某些特殊的傷害，才這麼沒安全感。你想著，從沒有人告訴過他，戀人只是跟你戀愛，不是屬於你所有，你可去愛、去關心，但不能覺得你擁有對方、可以掌控對方。你沒有機會告訴他，愛一個人要讓他自由，唯有這份自由才能給予你安心，因為你越是想掌控，越無法得到保證，你越是懷疑，愛情看起來就越不可靠。

這些，你只能在下一段關係裡跟對方好好溝通了。

#當猜疑開始生根發芽

讓猜疑停止在剛發芽的狀態，
安靜地面對它，讓它成為你與自己的低語，
它其實並不醜惡，也不可怕，
那是我們成長的過程裡重要的一課。

你感到不安，你心中有猜疑，你不知道一切是怎麼開始的，或許是那陣子彼此都太忙，或許是因為你感覺自己長胖了，或許是因為你見到了跟他一同出差、一起參與活動的女同事。那個女孩長髮、從英國留學回來、跟他一樣讀設計，不是非常漂亮，但就有一股好特別的氣質，是那種一瞬間就會讓人產生好感的人。

之前你就聽他提起過幾次，新來的女同事，品味很好，非常有創意，提的案子一下就被選中。他跟她還有另一個同事忙碌於這次的大案子，只要做成了，升職肯定沒問題。你一直很支持他，加班、熬夜、幾乎全身心都投入於工作，你也都不抱怨，但一切就在你看見他和那個女孩站在一起時，微笑著談話的樣子，他們互動的方式，你說不出哪裡怪怪的，他們看起來好相配。

不該比較的，也不應該生疑，你們相愛四年，都要論及婚嫁了，可是，你心裡的暗影漸漸升起，不知道該怎麼形容，是嫉妒吧，一種類似於嫉妒、受傷、吃醋或某種不安的心理，漸漸蒙住了你的心。

你好痛苦，以往看著他盯著手機傳遞訊息時，你都覺得正常，如今，每一個手機的叮咚聲，都會讓你心裡一驚，是她嗎？為什麼這麼晚了還要傳訊息？他又要加班，那晚餐一定是跟她一起吃囉，算起來他一週跟她一起晚餐的日子比你還多。出差？一人一間房嗎？會不會近水樓臺日久生情……

你是個好強的人，即使有這樣的疑惑，你也說不出口，你無法對他說，請跟我說清楚，你們到底怎麼回事？你無法對他求助，說，我知道你們之間可能沒什麼，但我就是沒辦法不胡思亂想。你甚至無法對他說，我不知道自己為什麼沒自信，但是見過她之後，我心裡就一直有陰影。

你開始彆扭，藉故發脾氣，你開始在他說的話語裡反反覆覆找尋蛛絲馬跡。他每次說要加班，你那晚就會頭痛，一整個晚上魂不守舍，夜裡他回來了，你仔細詢問，晚餐吃什麼？去哪裡？有誰一起？

夜裡他睡在你身旁，你張著眼睛睡不著，你不想要自己是個善妒、猜疑的女人，但你已經變成那樣了，你心想著，案子還要一個月才結束，天啊，以後他們還會不會接到新的合作案，什麼時候這個女人才會離開你們的生活？

你旁敲側擊詢問，她有沒有男朋友？她這麼有魅力，其他人是不是都想追求她？男友沒注意到你的焦慮，只是淡淡回說：「她是工作狂啊，據說上一段感情也是因為這樣分手。」

那你會不會愛上她？

你好想這麼問。

自我折磨的戲碼上演了一個多月，你終於去找好朋友求助，好友問你，你在害怕什麼？你說：「我怕他會愛上她。」「愛了又怎麼樣？這也不是你能控制的。」「我會很傷心啊！」「瞎操心就比較好嗎？成天疑神疑鬼男友不會覺得你脾氣古怪嗎？」「有啊，他說我最近情緒不太穩定，但我怎麼穩定得了？」「他們兩個真的有古怪嗎？」「我不知道啊，就是不知道才怕。」「你可以跟他談一談。」好友認真提議。「在家裡亂想，破不了案。」「我就是說不出口。」你說。

我想告訴你，猜疑是感情的殺手，一旦猜疑落下種子，就會在親密關係裡生根發芽。其實這無關那個女孩的氣質與長相，也不是他們看來多麼相配，這些都只是掀動你個人內在問題的起因，嫉妒是很自然的一種情緒，無須過於羞愧，一旦嫉妒與吃醋的情緒出現，要讓它像鏡子一樣映照自己。起初你會非常焦慮，會因為這些負面的情緒感到困擾，甚至懷疑你們的關係並不穩固，但世上所有的愛情關係都是會變動的，時時需要在波動中尋求平衡。你不妨重新檢視你們的相處，工作固然重要，但也並非只能以工作為主，當工作侵吞了生活與相處，確實可以提出異議，你或許無法分辨是因為相處太少所以產生疑慮，或者是因為那女孩條件太好，令你產生自卑或不安的情緒，這些並非只是胡思亂想，該做的不是去撲滅負面情緒，也不要去擴大它，任它胡亂生長，而是把它當作自己非常親密、重要的一個議題，勇敢、真實地面對它。

你應該認真想想你們為何相愛，吸引彼此的地方是什麼，這些年的相處累積了什麼，有什麼需要改善，還有什麼可以更加進步，將這些咬齧心頭的負面情緒，看成一個提醒，面對他人的優點，面對自己身上沒有的特質，心裡會產生羨慕、嫉妒、不安等情緒都很自然，去接受這些情緒，並且適當安撫它，才有機會妥善地將負面情緒轉化為認識自己的動能。

起了猜疑心，與男友好好談談是一個方法，但切忌採用質問或者懷疑的態度，而是藉著這個機會，將自己內在的問題說與他聽，當你提出的不是「為什麼你要跟她那麼好？」或者「你會不會愛上她？」而是像面對自己的摯友那樣，真誠地對他說：「不知道為什麼，最近我心裡有許多不安，可不可以跟你一起討論？」你要的不是他的保證與說明，而是藉由這個問題，讓他更了解你的狀態，當你提出的不是對他的質疑，當你的問題更像是要靠近他，而不是要破壞平衡，我想他也會有想要對你說的話，這將是對話的起點。

當猜疑出現了，我們就以更真誠的方式去應對，有些問題只有自己能解答。讓猜疑停止在剛發芽的狀態，安靜地面對它，讓它成為你與自己的低語，它其實並不醜惡，也不可怕，那是我們成長的過程裡重要的一課。認識自己的價值，也認識自己恐懼的事物，認識到愛情並非永遠不變，可以把握的是自己愛的勇氣，無論他會不會愛上她，我們要做的只是在還能相愛時珍惜每一次的相處，不退縮也不虛無，愛你所愛，也保護你所愛的。停止心中的猜想，去跟他說說話吧。

#不要在愛情裡成為工具人

我太渴望在這次的關係裡成為一個好情人，
而也正好遇上了特別擅長「情感勒索」的對象，
我們幾乎是一起助長了這個關係的失衡，
也一起走向了愛情的盡頭。

跟好友們聚會，好友A的情人S正在不遠處加班，聚會結束我們去喝咖啡，A打電話問S下班了嗎？S說，可以下班，也可以繼續加班，看你們要聚到什麼時候。A問：「什麼是可以加班也可以下班？」S回答：「身體上已經待不住辦公室了，但理智上告訴我應該繼續趕圖，如果你希望我去接你我就立刻下班，不然我就再待一下。但理智跟身體哪一項會勝利我自己也不知道。所以看你希望我怎麼做。」A有點生氣對我說：「他

又來了，都不自己做決定。」舉凡吃什麼、做什麼，S總是要A決定，總是希望以A為主，表面上A好像被照顧，但卻覺得好疲憊。

我想起過去的自己，也曾經為了照顧情人的需要，逐漸失去判斷力。那時交往的對象比我小幾歲，性格也是比較文弱的，我飲食清淡，但他喜歡麻辣鍋，我三餐定時，可他時常零食度過一餐，每回一起用餐，要選擇兩個人都可以吃的店就是個難題。為了不讓他難受，我總是配合他，心中隱忍了許多委屈，有回我身體狀況不好，他照例又問我：「中午吃什麼？」我想了一會，突然情緒失控，大聲說著：「你問我想吃什麼，我說了也沒用，因為我不會說出自己想吃的，我會選你想吃的。」他納悶問我為什麼。是啊，為什麼？我心中吶喊著，不就是因為我挑選的地方你都不喜歡也無法忍受嗎？

但這不是單方面的問題。

那段戀愛裡我一直在勉強自己，舉凡飲食、生活作息，甚至相處方式，兩人差異太大，過去的我一定早就放棄了，但那時我希望自己有能力維持一段穩定的關係，所以選擇了「隱忍」「委屈」餵養愛情，卻不知道長期下來造成了我對他的不滿，以及對自己的嫌惡，我們越來越疏離，到最後，甚至連他外遇了我都不知情。

凡事以情人為中心思考，逐漸失去為自己判斷的能力，這是某一類型好情人（或試圖當好情人）時常出現的問題，從生活起居的照顧，到上下班接送，假日的安排，逐漸擴散到了生活裡點點滴滴的照應，看起來是在照顧對方，但如果愛的能力不夠，這種照顧會凌駕自己的意志，出現勉強自己或者逐漸失去自我的狀態。

那到底該怎麼辦呢？愛一個人不就是要付出嗎？怎麼愛才不會失去自我？

那次分手後，我花了很長的時間思考自己出了什麼問題，感想是「我太想當一個好人」，我太渴望在這次的關係裡成為一個好情人，那個念頭控制了我，而也正好遇上了特別擅長「情感勒索」的對象，我們幾乎是一起助長了這個關係的失衡，也一起走向了愛情的盡頭。

為什麼不能做一個好人？成為好情人不對嗎？

「如何是好的？」「怎樣才是好情人？」有一個複雜的判斷基準，會隨著個人性格、稟賦、相處的關係、情境而有所調整，心裡保存著善良的念頭當然是好的，但這份善良需要理智加以整合。比如我與當時情人的相處，我不愛吃麻辣鍋，就不該勉強自己去配合，倘若兩人飲食習慣不同，試著尋找兩個人都有可以吃的食物的店是最好的，但如果總是找不到，試著分開各自吃飯也是一種方式。「一直分開吃飯，還算情人嗎？」他可能會問。我想，重點是這兩個人能不能在交往時找到一種默契，那不是以單方面的隱忍為前提，而是一起找出兩個人都可以接受的共識，這需要更成熟的理解，而不只是單純的體貼。

有些人會把戀人當作專屬於自己的「工具人」，幫忙跑腿、買東西、提東西、排隊、付帳、接送，大大小小的事都要對方來做，好像這樣才是被愛，而另一方也被暗示或自我暗示，就是要做到這些，才表示愛對方，「我要把你當作公主來寵。」這一句看似甜蜜的話，實際上一不小心就會變成災難。有些人愛使喚人，有另一些人則在這些表現上得到滿足，這本來是你情我願的事，但很多時候，這種工具化的愛情，會逐漸演變成彼此對愛情與親密關係理解的問題。一方總是在付出，另一方則越來越依賴，衡量彼此感情的重點都在物質上，「愛我就應該怎樣怎樣」，時常造成追求期間特別努力，交往之後就性格大變，結婚前百般忍讓，結婚後突然什麼都不對勁。

首先就不能把自己工具化，在衡量如何為對方付出的同時，不要超過自己的負荷，不要做出自己不想做的事，當覺得對方提出過分的要求，要有能力分辨，並且能夠拒絕，這不但是為自己著想，也是為了關係著想。愛情是兩個人主動、意願、自主而締結的關係，你的付出不只是為了滿足對方，更是要因此帶給彼此成長，不要用寵愛、縱容或忍讓來弱化對方，不要以為只要一味地順從，就是在愛。舉凡接送、贈禮、照顧，前提是

「沒有因為這樣做而讓他無法獨立」「不會用禮物的輕重來衡量愛情的價值」。

再者，也不要把對方工具化，人是無法與一個工具相愛的，愛情裡最美好的部分是你與這世上另外一個人親密，相互理解，產生連結，這個相處相知相伴的過程，讓你突破個人的自我中心，去理解另一個生命，並且透過這份理解與交流，認識自己也豐富自己。這個互動的過程如果被工具化了，你得到的只是一個空心的「付出者」，那些鮮花、禮物、接送、無微不至的照顧，一旦失去靈魂上的互動，成為儀式與公式，你們的愛情就無法前進，你自己的生命也無法得到更多的啟發。

我們可以為戀人做的最好的事，不只是表面上的行為，而是這些行為背後深深的愛，因著這份愛，有時要拒絕，有時要討論，有時你甚至得自我控制，只為了這樣可以讓彼此成長，讓這份愛更為長遠開闊。

#不要在愛情裡裝傻

愛就像一個蓋在土地上的建築，
當你把自我掏空，就像掏空了地基，
這份愛也將無處生根、無法著地。

「他對我非常好，相處日久，我卻覺得越來越疲憊。」你說。

起初，你喜歡他的細心體貼，你喜歡他給你的各種驚喜，他絕對是個好人，心善人慈，相處的時候處處為你著想，能為你做的他都做了。

他的問題是同居之後開始發現的，你們的關係看似平穩，卻逐漸覺得空洞，看起來什麼都好，但就是少了什麼。

朋友都問，你到底還有什麼不滿足？

「除了當我的男友，他好像沒有其他身分了。」你說。

做著一份可有可無的工作，在公司總是因為人太好吃虧受氣，在外受了氣，回家跟你抱怨。不敢對別人說的話，只能告訴你。

他什麼都要問你的意見，晚上吃什麼好呢？假日去哪兒玩好呢？同事跟上司給的難題也要你幫忙討論。「就是想聽你的意見啊！」起初還有著一起同甘共苦的甜蜜，但日子久了，卻覺得他凡事都依賴你，到了自己都不肯思考的地步。

你感覺他的退縮與依賴逐步升高，他凡事替你著想，逐漸喪失自我，生活大小事都以你的需要為主，甚至連工作上的事也依賴你為他做決定，你不是強勢的人，他卻希望你顯得強勢。

「對你好，有什麼錯？」他問。

「我想看到你，聽到你自己的聲音，你的看法，你對世事的理解。但我在你眼裡，只看到我自己，這樣的戀愛不健康。」

「為什麼變成這樣的人？」你問。

「我以為愛一個人，就是凡事替她著想。」他說。

「如果真的替我著想，可不可以請你試著不要那麼依賴。」你掙扎著說出這些話，明知道聽起來很殘忍，但非說不可。

朋友以為你貪心，想要更有成就的戀人。有人覺得你不知足，這年頭有人願意為你做牛做馬，為何不感激？

你心裡模糊說不清楚那些感覺。那感覺像是他逐漸把自己取消，同時也在一點一點取消你對他的愛、敬重與欣賞。

「我要如何去愛一個沒有自我的人？」你問。

「我愛你，但不意味著我要負擔起你人生全部的重量。」你說。

「你越努力愛我，我越覺得累。因為所有表面上看起來對我好的事，背後都隱藏著需要，你為我做所有我自己可以做的事，交換的是要我來為你的人生做決定。」你說。

這是你好不容易才理清的一點點頭緒。

愛上一個好人，有時卻會因為他的好而發怒，這樣的感覺糟透了，到底是什麼讓一個好人變成沒有主見的人？你檢討自己與他相處的種種，發現自己幾乎每天都在督促他，早期大家都還年輕，剛從學校畢業，工作不順，生活不如意，都像生命的磨練，但隨著踏入社會日久，他的好脾氣在工作職場受盡欺負，使他變得退縮、不自信，而這份好脾氣也讓他在感情關係裡處於被動與劣勢，他盡量壓低自己的需要，以為凡事配合情人就是在對她好，但天下沒有白吃的午餐，再怎麼卑屈低下的人，也有他的需要。於是，他付出越多，想要的回報就更多，他為你做牛做馬，想換得的是你成為他的生命導師，而你從一開始喜歡他的單純善良，到後來對他的唯唯諾諾感到反感。「可不可以自己做決定？」你有時生氣起來，「你要練習自己思考，我不能永遠陪在你旁邊。」你對他說。「為什麼不能？」他問你。

因為人生總有悲歡離合、聚散別離，戀愛只是兩個人建立關係的一種形式，不是永遠的保證。真正的愛，不只是努力付出，不只是傻傻地什麼都替她想，兩個人的相遇，不是誰依賴著誰，也不是誰成為誰的生命導師，而是兩個相互喜愛的人，共同陪伴，讓彼此在關係裡成長，並且有機會透過親密關係省視自己。愛情不是避風港，不能把「努力去愛某個人」當作人生目標，而逃避自己的成長。愛就像一個蓋在土地上的建築，當你把自我掏空，就像掏空了地基，這份愛也將無處生根、無法著地。

你想對他說：「替自己著想，把失去的自我找回來，我多希望當我們在一起時，可以平等地討論各種事情，而不是什麼事都要聽我的看法，什麼東西都要我決定，我多希望你也能找到自己的意見，即使那些意見與我相左，即使我們會出現爭論，也好過關係裡只有我一個人的聲音。」

「一直在催促你成長，那樣好寂寞。」你想說，「你以為把什麼都給了我，但我卻逐漸失去了你。」

你不知道他懂了沒?每次看到他單純的笑容，就會感到不忍，但一直繼續相處，卻又讓你精疲力竭，你很想用力搖醒他，「繼續這樣下去不行啊，不能在愛情裡裝傻，不是一直討饒賣乖，感情就會自然地豐盛。你對我好，但你真正認識我嗎？你認識自己嗎？你看得見我們的關係是什麼樣子嗎？你能看到未來嗎？五年後，你希望我們仍只是每天你問我要吃什麼？去哪裡？假日要一起做什麼？當我沒有陪伴你時，你就會放空耍懶。在我們家裡，每一件事都需要我指出方向，那樣的未來是你想要的嗎？或許只要待在我身旁你就會快樂，那我的快樂呢？我想要兩人一起成長，我希望我們是平等的關係，我不想當你的媽媽，也不想你看起來就像我的助理，我想要戀愛，不想要只是被照顧，這些你能懂得嗎？」

他的本質很好，你總是想著，再陪他一段，或許他就會醒悟了，可是兩人相陪四五年，你突然覺得自己好蒼老，這段被呵護備至的愛情竟然讓你老了。

醒醒吧，你想大聲地說，沒有覺悟我們就會失去彼此了。

真正的愛都是建立在覺悟之上的，領悟到想要愛人必須有自主性，要建立關係不能失去自我，不管有沒有戀愛，每個人都該為自己的生命負責。

#不要成為高自尊低自信的戀人

放下那個隨時要走的行李，
放下那份想要全身而退的心理，
愛情是一場冒險，也是最珍貴的學習，
唯有真心誠意投入，才有可能真實地進入愛情。

認識一對戀人，且稱他們A與B，戀愛三年，交往的日子裡，B把一袋行李擱在書房，每回吵架撂下一句「我們分手吧」，然後就把行李一提，回爸媽家去了。冷戰個幾天，A開車去家裡將她接回來，兩人又恩愛如昔。

我問B為何如此，她說自己個性決絕，寧為玉碎不為瓦全。但就是吵個架啊，哪裡需要玉碎？後來她對我承認，「我沒有安全感，寧可自己先走，也不想被人拋棄。」我問A如何看待此事，他說他知道B的個性，驕傲好強，也知道她的不安全感，因為他們兩人的相識，是在A被女友拋棄，最落魄的時候，在A來說，B是雪中送炭、從天而降的救星，在B心裡，卻始終盤繞著「他是不是為了療傷才跟我交往」的疑問，兩人的爭吵也多圍繞在前女友的問題上。

「為什麼溝通那麼難，為什麼我沒辦法讓她相信我？為什麼無論我們之間有任何問題，都要扯到前女友。」A傷心地問。兩人認識之初，A正在情傷，兩人討論的都是前女友，那段時間掏心掏肺講的話，現在都成了「翻舊帳的話題」。B說，我就是沒辦法不想到他曾經那麼愛她，他曾經為了她那麼傷心，我就是忍不住會去做比較。「他總是說我看起來很驕傲，實際上我對自己沒有信心。」

在經歷不知多少次鬧分手、回娘家、帶著禮物接回家，這樣重複的戲碼之後，有一次兩人又大吵，A沒有去接她，隔了幾天B自己回來了，但那次卻真的走到了愛情的盡頭，終於協議分手。A說：「每一次你提分手，我真的很傷心，一次又一次，每次開著車到你家巷口時，我都感覺自己瘋了，像在一場醒不過來的噩夢裡，不知道為什麼我們會變成這樣。到後來我並不是因此麻木，而是覺得寒心了，倘若我們的愛情總是要我低聲下氣去求你回頭，那真的不是我想要的關係。」B說她後悔了，她知道自己不該嘴硬心軟，不該跟往事計較，說自己戀愛經驗太少，怕被辜負。

有些人在戀愛時，時常把分手掛在嘴邊，一則為了宣洩情緒，一則是為了試探，這兩種心態對於關係都是傷害。在A與B的愛情裡，夾雜著千絲萬縷的問題，也不只是單方面造成的。A在B提分手並且憤而離家時，除了開車去將她接回來，應該還要再做進一步的溝通，要在兩個人沒有爭吵的時候，把當時發生的事認真、誠摯地談一談，而不是只是感覺自己低聲下氣挽回，B是在無理取鬧。而在B這邊，當然，首先不要把分手掛在嘴上，脫口而出，甚至當作自保的方式。真的怕受傷，就不要投入關係裡，既然進入了親密關係，就不能再把「自尊」「安全感」當作是最重要的前提，很多人以為的自尊，其實無關尊嚴，只是害怕受傷。那種高自尊反而是低自信的表現，真正的自尊，應該是誠實面對自己內心的恐懼，並且有能力向所愛的人說明自己內心這份恐懼，而不是口是心非地用「那就分手吧」來遮掩內心的慌張。

爭吵，當然是因為出現問題，但所有關係裡的問題，都是這兩個當事人的事，與前任無關，最傷人的分手就是在爭吵的時候提出的，因為那表示沒有意願解決問題，只想解除關係。當然，相愛是你情我願，誰都可以提出分手，倘若不是真的想分手，而是不知如何停止爭吵、沒辦法克服忌妒，因此將分手當作「停戰」的方法，那最後往往就真的會走上分手一途，後悔莫及。

戀愛關係，難免有爭吵，要處理爭執有很多辦法，用「不然分手啊」來威脅，是最傻的一種方式，一定會兩敗俱傷。

我曾經也是個高自尊低自信的人，在戀愛關係裡總是感到挫折，對方有意無意的一些話語，時常讓我受傷，我發現自己每次受傷時，就會揚起全身的尖刺，想要反擊，那些傷人的話我一點也不想說，但卻不由自主說出口了，我們也曾吵得好絕望，鬧到幾乎要分手，戀人語重心長對我說：「你太愛面子了，我發現爭吵的時候你覺得受傷都是因為感覺被指責，但實際上我沒有在指責你，你會把對方指出的事實都當作是批評。戀人之間如果無法跟對方指出事實，要如何進一步相互理解，互相幫助？」難道我愛面子勝過於愛對方？他點醒了我。

後來我與戀人之間建立了許多默契，我們相約倘若有一天要提出分手，也絕不在爭吵、憤怒、傷心或有誤會的時候，因為在那樣的時候，做出的決定往往都是因為情緒，甚至是為了面子。這個默契其實也是在考驗我們如何面對衝突，當兩人僵持不下，或情緒暴躁時，我們約定好有一方可以選擇離開現場，無論是到外面走走，或去朋友家，或者自由選定要去什麼地方，但不要失去聯絡，也不要超過兩天，我們約定了很多處理危機的方式，這些默契都是在感情好、情緒穩定的時候談好的，並且在往後的

相處、真正面臨爭執的時候親自驗證過的。「我們相愛是為了來吵架的嗎？」這句話往往是我們的安全閥，吵得誰輸誰贏有什麼意義，重要的是，我們為何爭吵，這些爭執如何轉變成對於關係有益的理解。

不要收拾一個隨時可以安全離開的行李，不要說些「沒有你我也可以過得很好」「不然就分手啊」賭氣的話，以為這樣就很安全。在戀人面前，就像照妖鏡，你會在親密關係裡看見自己的脆弱、柔軟、尖銳、不安，但那不是對方的錯，也無須躲藏、遮掩、逃避。相愛的關係本就是人跟人之間一次珍貴的歷練，不管對方能夠接受你多少缺陷，你得先去接受那些不堪的自己，知道那是在最親密的人面前無意間暴露出的自我，這些暴露是為了讓我們理解自己，從而修復、完善自己。

放下那個隨時要走的行李，放下那份「想要全身而退」的心理，愛情是一場冒險，也是最珍貴的學習，唯有真心誠意投入，才有可能真實地進入愛情。

#你可以在我面前示弱

示愛以外，還需要適當的示弱，
在愛情裡逞強沒有用，只有真心、真誠，
把最柔軟的心緒像貝殼打開自己那樣向對方打開，
才有機會可以一起面對生命困境，一起度過這些難關。

你說每次與戀人吵架，幾乎都是因為對方指正你某些生活上的事，「洗手檯怎麼沒洗乾淨？」「你看你又打破杯子了。」你自知生活能力差，也就摸摸鼻子接受檢討，但有時遇到心情低落或工作壓力，或者就是自我感覺不好，忍不住就會回嘴：「你都不會做錯事嗎？」「為什麼洗手檯是我的工作？」對方聽你語氣不佳，又回了一句，你聽到回話裡有怒意，更氣不過，一對愛侶，就為了個洗手檯吵起來了。

你們曾經為此困擾不已，鬧到幾乎要分手的地步，那段時間你非常痛苦，兩人分明如此相愛，但生活習慣、喜好性格天差地別，如果磨合不了，該怎麼繼續？你有時感覺委屈，覺得倘若他願意包容你的迷糊、不善家事，就不會爭吵，你覺得自己了解他，知道他愛乾淨、好整潔、有些完美主義，但他為何不能理解你就是生活白癡，缺乏現實能力，你已經很用心在學習，他為何不對你溫柔些。

當你感覺委屈，更容易造成衝突，那份委屈感時時隱藏，只等待一個時機引爆，你逐漸發現自己若是在工作上受到挫折，或他身邊出現很優質的女孩，更容易引發你的焦慮。你打心底覺得自己配不上他，他這樣美好的人，似乎該跟那種優雅的女人在一起。你雖有你的專業，在生活能力上卻距離優雅非常遙遠，有時你都不懂他愛你什麼，你的專業對他毫無幫助，以前見過他的前任，是與他喜好相同、會料理、品味良好的女子，甚至連他的母親都是氣質優雅的不老美人。

這些不安的心理，每每在他抱怨你某些家事沒做好，性格糊塗的時候，就發作得特別厲害，你無法承認自己不安，更不想讓他知道你有自卑感，於是引發爭吵，吵得沒頭沒腦，又得花好多力氣和好。

你說直到去年有一日你突然頓悟幾件事，首先，戀人對你生活上的意見，通常都不是指責，而是指正，或者提出事實，而你的反駁也不是真要反駁，只是害怕對方覺得自己不好，才拚命要澄清。但實際上既然沒有指責，又何須澄清。再來，你們家務都是平均分攤的，倘若你有什麼不便，請對方幫忙即可，何須爭執誰做得多誰做得少。更重要的是，他從沒有因為你任何生活上的無能而嫌棄你、不愛你，他指出你做不好的事，也沒有因此少對你好。每次爭吵過後，他總是再三強調，他不是指責，只是要讓你知道可以怎麼做，慢慢學習些生活技能，讓生活變得更好。

當你理解這些事之後，你們就甚少為此爭吵了，需要改正的地方慢慢改，需要澄清的事情，心平氣和地澄清，狀況不好的時候，臉皮厚一點討饒：「今天不要罵我，我很脆弱。」然後哈哈傻笑說：「我明天再改進。」對方聽見討饒，苦笑說：「又沒罵你。」他一把攬住你，問說：

「今天怎麼啦？為什麼脆弱了？」

一場可能的爭吵避免了，還得到了適當的安慰。

硬碰硬，真的沒有好處。

原來很多時候戀人吵架的原因都是因為誤解，你以為他在批評你，他認為你沒來由發火，你某些時候特別脆弱，他有時太過疲勞。只要一方狀況不好，衝突即將爆發。

你說的都很對，我們很難對伴侶或戀人承認：「有時我覺得自卑。」「我不知道為什麼感到不安。」「我今天狀況不好。」「我感覺今天有點脆弱。」「我今天真的好累。」雙方或單方心緒不佳，就會讓平時可以接受的事物變得刺眼，讓某些中性的話語變成批評，讓穩定的感情突然有了「他是不是覺得我不好」的懷疑，才是引發爭吵的源頭。

對方到底愛我什麼？這應該是平時就要溝通的話，自己的自卑感、不安全感，也是應該好好說出來讓對方理解的心情，「他到底想要怎樣的人」「我是不是真的適合他」這些問題，要去問本人，而非自己胡亂猜想。對方倘若說過了，自己要收在心裡慢慢消化，不要逼對方一說再說。

要慢慢學會在感情裡就事論事，不安歸不安，這是自己的問題，不能藉題發揮。對方可協助你的只是幫助你釐清某些疑惑，比如戀人說：「我不是在尋找一個跟我一樣的人，我喜歡你，就是喜歡你的特質，但也並非代表你做什麼我都喜歡，某些事關乎兩個人共同生活的品質，無關愛不愛，這些只是在溝通，要一起生活，這些相處的點滴必須要能協調，你不能把溝通當作責怪。」

「有時我可以理解，但有時我太脆弱了，理性無法發揮。」你說。

「那種時候你應該告訴我你狀況不好，而不是找藉口吵架。」他說。

是啊，自己因為某些事不安、脆弱，戀人怎麼會知道呢？他怎麼知道今天你沒有力氣聽到任何一句「檢討」與「建議」，你想要的只是安慰跟鼓勵。你得說出來，在吵架之前，先表明自己的狀況。

戀人之間的親密，有時就表現在一句示弱的表達，因為與他如此親密，在外頭受了氣，吃了虧，或過往經驗裡受到的傷害浮現了，你可以對他講。不是叫你撒賴，也不是光只想討安慰，而是因為真心信任他，所以想要向他傳達內心真實的感受。用「我最近狀況不好，可以擁抱我一下嗎」「我今天心情脆弱，所以需要你說愛我」「今天太累了，比較沒有耐心」「我不知道怎麼讓自己更有安全感，可不可以陪伴我一起度過」這些商量、求助、示弱，取代無來由的發怒、反駁、爭論，讓對方知道你的狀態，他才能更理解你。在你所愛的人面前示弱，不是為了想要被安撫，而是溝通必要的過程，不但要對他示弱，也要讓他有機會澄清，也有機會表達自己的匱乏或無力。

相愛的兩個人坦然對彼此打開內心最柔軟的地方，不是要互舔傷口，而是藉此深入靈魂、達到更深度的溝通，是要表達心中真實的感受、幫助彼此釐清各種感受，不至於被情緒綁架。示愛以外，還需要適當的示弱，在愛情裡逞強沒有用，只有真心、真誠，把最柔軟的心緒像貝殼打開自己那樣向對方打開，才有機會可以一起面對生命困境，一起度過這些難關。

#童年的創傷會發作在愛情裡

任何人，無論多麼深愛，多麼需要，
內心曾經歷什麼樣的傷痛，
都不能把愛情用來取代親情，
不能把戀人視為父母的化身。

情變後，她踏上漫長的療傷之路，一開始的憤怒、悲傷、毀天滅地的破碎感，都讓她驚懼不已，她總是回想自己是如何一路一路陷落，那段看似美好的關係，是在何時破裂的。她感覺自己完全失控了，無論私底下怎麼想，只要遇到那個人，就又會回到原來的模式裡，她總是扮演照顧者，為他打點一切，即使她那麼傷心了，看到他的時候也只想到他的需要。

「不知道為什麼，在他面前，我就沒有了自己。」她說。

我問她認為怎樣才算有自己？

她說，內心知道自己想要的，敢於去爭取，對於不要的，能夠拒絕。考慮任何事，不要忘了自己的能力與需要。

她說得很好，但自己卻做不到。

「因為你一直很不安吧，覺得自己的價值就是為別人付出，每當你付出的時候，才會感到安心。」我說。

「好像真的是這樣。」她點點頭。

身為長女的她，從小就是個照顧者，失能的雙親無法照顧小孩，她只能強迫自己長大，在最應該被愛、被照顧的時候，她都在照顧別人，她記憶裡的青春期，都在打工、賺獎學金、送父母去醫院。很多時刻，她都是超過極限地透支自己，在校園與醫院跟打工的地方奔波，吃睡都隨便，「只想活下去」。

沒有任何人可以依靠，只能靠自己。

她一直以為因此她非常堅強，也不輕易相信別人。

沒想到，一旦戀愛，她卻從內心深處把自己託付給了對方。那種深深的依賴與託付，是前所未有的。

因為依賴與託付，所以她盡全力去對那個人好，因他就是她，他好她也才會好，正如從小照顧家人，她對所愛的人能做的也就是照顧、付出、凡事替對方著想。

「這樣不對嗎？為什麼最後他卻覺得被束縛，感到不自由？」她問我。

因為從來不曾真正接納別人，一旦接納了就毫無保留，不曾託付過，一旦託付，也就是全身心的託付。這樣的心態，無疑是把整個人的重量壓到了別人身上，自己或許覺得這是真愛，是信任，是愛對方的表現，你也盡力在這過程裡，努力對他好，但出發點錯誤，結果就不會正確。任何人，無論多麼深愛，多麼需要，內心曾經歷什麼樣的傷痛，都不能把愛情用來取代親情，不能把戀人視為父母的化身。

我們時常這樣做而不自知，我們時常在愛情裡索求童年時得不到的，比如無止盡的關懷、永遠不變的保護、不會切斷的聯繫。

這些都是血緣上的親情才能給予的，是我們在襁褓期、幼兒期、童年時代，父母應該給予我們的。那種無私的照顧、全然的安全感，形塑了性格基礎，也造就了我們的情感模式。

但愛情是平等的，是兩個成年人的自願關係，與親情不同，我們誤以為愛情也是只要努力付出，只要認定，就會得到回報，就會被好好珍惜，但我們只需想想，這世上尚且有無法盡責的父母，更何況只是戀人。當人墜入情網，往往起因是一時衝動，是一種浪漫的心緒，既無血緣那種無法切斷的連結，也沒有友誼那種長久累積的基礎，愛情，憑藉的是一股突然間的吸引、相知，或者某種說不出是什麼的氣息，只是個觸媒，將兩個毫無關係的人聯繫起來，接下來各憑造化。

真正的愛情，是在親密關係裡一步一步、一點一點建立的。

你不自覺複製了童年感情的模式，扮演照顧者，或者期待對方成為照顧者。你期待童年時沒有滿足的（或童年時代習慣被給予的）都能在愛情關係裡被滿足。你甚至期待給予你愛情的人，能夠扮演救贖者，將所有你渴望擁有的都帶給你。我們無法選擇父母，卻可以選擇戀情，無法選擇原生家庭，卻可以選擇配偶，所以在戀愛之初，我們腦中已經充滿對這段戀情的過度想像，我們賦予戀人太多責任與期待，甚至也對身在戀情中的自己有了不準確的評估，我們以為自己天生是個夠好的情人，我們以為只要墜入情網，就知道怎麼去愛。

愛沒有那麼容易，愛人需要能力。

天生即有的只是一股愛的欲望、衝動、能量，要化成什麼樣的行動，應該如何舉止，如何決定，需要後天學習。

在愛情裡扮演照顧者、付出者，這種照顧與付出都像是本能以及為了得到安全感而做出的反應，她雖能付出卻不是強者，她無法確知對方是否需要這樣的付出？這種付出與投入是否造成了彼此關係的失衡？也讓自己日居劣勢，越付出越沒有安全感，越期待對方同樣的回報，在付出的同時也給自己預設了「天長地久」的期待。她只顧著照顧對方，卻忽略了自己有沒有成長，是否在關係裡失去自我，對未來的期待與計畫，是不是都圍繞在對方身上，一旦對方有異變，她的世界全盤瓦解。

失戀一定會傷心，被背叛、被欺騙必然會難過、失望、受傷，然而所有關係都是互動的結果，這段關係是不是複製了你習以為常的模式，你有沒有在關係中成長，你是否在關係美好的時候努力處理自己過往的傷痛，設法從那些導致你受傷的習慣裡掙脫出來。你已經不是那個需要養家的少女了，卻還用這樣的方式寵愛你的戀人，你以為這是付出，卻不知道這樣的行為會導致關係失衡，姑且不論他是不是渣男，你得學習：「愛的心意可以無限，但愛的能力卻有其限制。」我們不能只是為了安心而去愛，要做對於愛情好的事。無限制的付出、毫不節制的給予，都是寵溺，會讓對方無法成長，不能與你平等相處。真正對愛情好的付出是：「我對你好，並且期待這份善意可以成為關係的材薪，為彼此帶來良好的互動。」

失去自我，要如何付出？

走過情傷，可以自我期許的是，我們已經不是無法保護自己的小孩了，面對一個所愛的人，要記住彼此都是成人，所有成人關係的第一步都是，彼此成熟獨立，主動付出，且深知這份付出不計回報，也不會因為失落而支離破碎。我愛你，但失去你，我的世界依然繼續運轉。

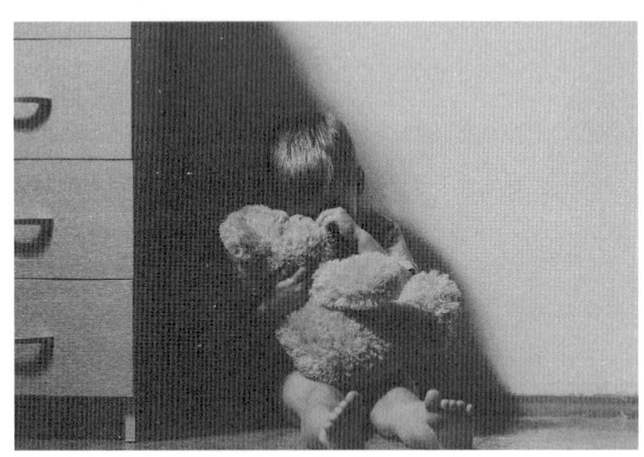

挽救愛情沒有特效藥

很多愛情不是被消磨，而是被掩蓋了，
被相處的大小磨合、現實的諸多困難，
折騰得亂七八糟，
而誤以為愛情也因此消失無蹤。

你說你與他交往三年，同居兩年，原本有結婚的打算，但近來關係卻日漸淡薄，兩人時常相對無語，你問他怎麼了，他只是說，沒事。

你說閨密告訴你：「沒事就是有事。」你想打破砂鍋問到底，他卻說：「我想一個人好好靜一靜。」閨密又說了：「通常男人說出這句話，不是有小三，就是變心了。」

你怕了。不敢再問，旁敲側擊，也敲不出答案。你再問閨密，閨密說：「看來他有婚姻恐懼症。」

我笑問，閨密會算命嗎？你說，不會啊，「那怎麼閨密說了就算。」你顯得六神無主，你說，至少閨密的感情經驗比我多，她都結婚生小孩了。

其實這些事，只有你男友跟你說了才算，問不出答案，應該是問的方式不對。你問的方式就像學生時代被老師單獨叫去後頭問話，那時誰敢說實話呢？

關係如流水，有起伏消長，也有暗礁拐彎，越長久的關係，越會遭遇瓶頸，真正該問的是這些日子裡你們一起發生了什麼，各自有什麼遭遇，彼此的心情如何，有沒有遭到什麼壓力，生活裡是否起過紛爭，言談間有沒有發生衝突，關係通常不會是一天就淡掉的，甚至連外遇也不是霎時間來到的災難，關係的惡化通常都是冰凍三尺，只是你有無自覺罷了。

「那我該怎麼辦？」你焦急地問。

愛情沒有特效藥，我既不敢斷言男友有無外遇，更不敢對你們的未來下定論，我唯一可以說的是：「如常地去愛他。」

很多人在愛情裡計較利害得失，深怕自己是被辜負的那一方，關係有任何問題，都恨不得找出對方的錯誤，一旦遭遇衝突，就要找出犯錯的人，看看誰該負責。但我認為關係是兩個人的事，苦樂同擔，福禍共享，很少是一個人很快樂，另一個人卻很痛苦，除非你們早已不是戀人關係，只是一方一廂情願地付出，另一方貪圖享受。

一段真正的愛情關係，好壞都關係到兩個人的命運，任何一方的作為與決定，都會影響到對方與彼此。

所以我說，只要你還愛他，就如常地去愛他。

只是這份愛的方式要有所改變，你要重新審視這段關係目前的問題，釐清他是否遭遇什麼困境？身體心理工作家庭有沒有什麼變化？再看看你們之間的問題，是相處時間太少，還是相處品質不好？是價值觀有所衝突，或是遇到問題總是爭吵？先釐清關係是否真的遭遇問題，或者只是你覺得不符合期待。

如常去愛他，是指，回到原先剛開始愛上一個人的時候，那種單純的心境。你愛他，想與他共度人生，希望他快樂，你關心他，渴望理解他，你希望他實現自己的抱負，你希望他健康，期待他快樂，這是愛一個人的初衷，不管在哪個階段都適用，特別是在關係出問題時更是救命法寶。因為我們並非要功利地去戀愛，我們不是為了得到回報才付出，當你回到原點，坦露心聲，不再質問他怎麼了，而是真正關心他過得好不好，有沒有遭遇什麼困難，有什麼需要你的幫助，有什麼是你可以給予他的，這些問題，每一個都不是針對他，而是在關心，想了解，渴望溝通。

很多人將質問當作溝通，把探究視為關心，但實際上戀人的心是相連的，你懷疑他，他會知道，當你的問題不是出於關懷而是質疑，他會有所感覺，那麼無論他處在什麼狀態，都一定會反彈。

你可能會想：「我都不知道他現在對我怎麼樣，為什麼還要如常去愛他？」

因為只有你回到你的日常，才有可能把現在的僵局打破，唯有回到相愛的狀態，才可能處理相愛的問題。

你又會問：「那為什麼是我要先主動？」

因為總有一個人要先開始，既然你已經意識到問題，與其猜疑，與其問閨密，不如親口問問他，只是問的方式要恰當，回到初心，如常去愛，那麼你就會有一個愛人的口吻，一個真正關心的態度，並且能夠給予他恰當的出口，把問題引導出來。

先開口的人並不吃虧，因為在愛情裡，我們期盼的不是誰獲得的多，而是希望關係變得美好，有能力去愛、去改善一段關係，是愛的能力的證明，這對自己絕對是好的。

當你如常地去愛他，他感受到的是溫暖與善意，而不是針對與指責，他就能卸下心防，好好與你談，即使一次兩次得不到回應，也無妨，人生總有高低起伏，或許他正處在無法好好表達的狀態，也可能之前他的每次回答，都會引發爭執，所以有所忌憚。

那麼先放下過去，不再計較，愛情可以自行更新，你可以試著讓自己採取一種新的態度，那是彷彿剛戀愛的時候的心情，這是戀人最容易忘卻的。我們總是隨著時間的推移，一點一點離開原來相愛的時光，走進平淡、走進庸俗，走向彼此消耗，走向愛情的盡頭。實際上，初心是需要喚醒的，初心會被習慣、摩擦、生活裡大大小小的煩心事給扭曲，到後來我們幾乎都忘了到底當初是為什麼在一起。很多人會說，這就叫做現實，但實際上現實並不會磨損愛情，因為愛情最後還是要在現實裡實踐的，每當我們偏移軌道，每當我們迷失方向，每當我們氣急敗壞，每當我們心有不甘、挫折連連，這時就是喚醒初心的時候，你總要回去問問自己，當初那份愛還算不算數，還有多少成分存在。

很多愛情不是被消磨，而是被掩蓋了，被相處的大小磨合、現實的諸多困難，折騰得亂七八糟，誤以為愛情也因此消失無蹤。

可是人心如鏡，即使被灰塵遮蔽，也可以重新打磨，回到光潔。

所以，如常地去愛，在你可以愛的範圍，試著用這份愛去面對他，試著讓他也加入你的行列，一起挽救你們的關係。

如常去愛吧，即使最後結果不如人意，至少，你沒有辜負你的初心。

#戀人之間必須談論金錢

你得到的是物質的回報，
但付出的可能是你無法想像的，
比金錢更重要的東西，
比如自主權。

戀愛之初，一切都是全力以赴、赴湯蹈火、傾盡全力，天上的星星也願意為你摘下來。然而真正進入相處、同居，甚至結婚，金錢的問題在戀情裡就會扮演著微妙而重要的角色。首先，是要某人一直買單，還是要ＡＡ制，或是一頓你請一頓我請？一開始都是某一方買單，久而久之好像也習慣了這樣，但對方可能財力不夠或者已經變成他的壓力與困擾，又不知如何提出分帳的想法。「提到錢就傷感情」，有些人一開始為了追求對

方，動用的是超過自己能力範圍以外的攻勢，時日一久，也不得不回到常態，但又怕對方覺得自己小氣，或者是「追到了就不珍惜」。再有的是某些人已經將對方視為提款卡、信用卡，買單付帳本就是對方的「義務」，這樣的心態下，要提到財務分工，難如登天。

永遠都是對方買單，或者把愛情用金錢量化，只想跟可以為自己花大錢的人交往，這些心態都很危險，因為凡是寄託在別人身上的事都不可靠。把愛情物質化，看似對自己有利，其實也是種下禍根，因為往後倘若感情生變，或者對方的財務發生問題，你可能早已失去獨立的能力。況且建立在金錢基礎上的愛情必然也要以等量的物質回報，比如美貌，比如順從，或者其他，你得到的是物質的回報，但付出的可能是你無法想像的，比金錢更重要的東西，比如自主權。

「愛我就應該養我」這種觀念非常危險，因你一旦這樣想，也這樣去做，吸引來的就是帶著「我養了你，你就是我的」這種觀念的人，這樣的愛情必然不健康。無論彼此財力如何，在愛情關係裡還是要經濟獨立，倘若你扮演的是家管、全職主婦，那又另當別論，如果只是在戀愛狀態裡，就更應該讓彼此的財務獨立，相處時的一切開銷也應該照比例分配。

要如何談到錢而不傷感情，首先是不把金錢當作可怕的話題，兩人相處到了一定程度，要對彼此的財務狀況、金錢觀念都有所認識，這種認識不是為了掌握他的經濟，而是為了更加理解對方。不管一開始曾經有過多麼浪漫、奢侈、大方的經驗，一起過生活，就要進入人間煙火，為了更好、更長遠的交往，要盡量避免無謂的浪費，可以在感情狀況穩定的時候，好好談談彼此對於交往時分帳的問題，比如可以提存共同基金，用來支付相處時的各種費用，剩餘的還可以用來旅行或者理財，共同基金可以按照彼此的收入比例，或者就以各自可以支付、願意支付的比例提存，這樣往後買單時不需要拿著帳單細細計算，還可以有一種「兩個人有共同目標」的心情，加了薪、得到獎金或者其他時刻，也可以自願地在基金裡多存一點錢當紅利，除了共同基金以外的錢，各自賺取、各自承擔，這樣也比較不會有干涉對方金錢使用狀況的糾紛。

戀人相處，有時爭的就是一口氣，你在乎的可能不是那些禮物，而是他到底對你有沒有心？只可惜現在的心意大多被轉換成禮物來衡量，一個人願意為你浪擲千金，卻不代表你遭遇困難時他就一定可以伸手相助，他願意為你撒錢擺排場，也不意味著你醜了累了老了病了，他還會守護著你。

那所謂的一口氣，與其用物質來衡量，不如用長時間的觀察與了解來取代，一個人動不動就撒大錢，很可能不是因為太愛你，而是虛榮心。切實地了解他的財務狀況以及金錢觀念，才有助於衡量你們應該一起過著怎樣的生活。當你真心愛著一個人，你想要的應該不是他為你花多少錢，而是你們可以一起創造怎樣的生活。

除了共同基金，也可以有目標地兩人一起為某件事努力存款，比如將來旅行的計畫，或者支持自己或對方的進修計畫，或者只是單純地存款，以備將來不時之需。

有些人以為談戀愛時得到越多禮物表示越被尊重、寵愛，卻很少想到對方的處境，倘若這是他信手拈來就可以贈送的禮物，或許還可以收得安心，但轉念也要想到與一個浪費無度的人共度一生，恐怕也不是太好的選擇。倘若這些禮物是對方窮盡自己所有，甚至超支，只為了博得你的歡心，那麼，以真正愛人的角度來說，你應當適當地讓他知道，愛一個人可以有很多表達的方式，你想要的或許是更為切實、長遠的交往，那些一時浪漫就要耗費無數金錢的事，「我們現在已經可以不用這樣做了。」真心相愛的人會為彼此與對方著想，來日方長，不如將這些浪漫化為更為長遠的計畫，兩個人如果可以一起討論金錢用度、日常開銷，以及各種一點都不浪漫的財務分工，我覺得是感情進展的象徵。

不管男方或女方，在戀愛時都是感情裡的雙方，這意味著無論哪一方，都必須擔負起交往的責任，天平一旦只往一方傾斜，久了勢必會歪斜、失衡，建議可以從收入較高的那方提取較多基金比例來支付約會或生活所需。當然，除了收入高低，也要將各自在生活、家人，或者其他事務上的開銷一併算入，總之，就是個人提出可以負擔，也願意負擔的金額，然後一起衡量兩人加總後的共同基金，可以讓你們過怎樣的生活。任何一方都不透支，也沒有任何一個人逃避責任，有錢出錢，有力出力，在關係裡達到一種平衡且各自都安心、滿意、自願的狀態，這樣既不會造成怨言，也不會讓關係失衡，更不會有「到底愛不愛我」的疑慮，當你們有能力溝通金錢的問題，表示你們已經夠親、夠近、夠信任了，這些溝通都應該事先進行，而不是累積怨言之後的發洩或抱怨。

愛一個人，也愛著與他一起享樂、一起共苦，一起想像、討論我們還可以一起創造出什麼，一起走到什麼樣的境界，那會是更美好的愛。

#對待戀人要像對待好友

我們對於好友的要求不會無限上綱，
我們在朋友面前不會無理取鬧，
我們懂得友誼的建立，
前提是志同道合，有來有往。

為了公司的專案，忙碌了好幾個月，你終於能在放假的日子，與十多年的好友阿若相聚，即使各自談戀愛之後鮮少見面，但一見面還是能天南地北暢談，你跟她聊了一下午，談及過去幾個月工作上的壓力造成你胃食道逆流、失眠、焦慮，不但瘦了幾公斤，有一段時間甚至每晚都要聽著有聲節目上的說書才能入睡。那些日子，戀人看你戴著耳機入睡，總是笑你，你忙於搶時間睡覺，也沒留神為何養成這種習慣，跟阿若聊過之後，

才知道那些日子你為了專案的企畫煩心，到了無時無刻都感到焦慮的地步，每到睡前尤其嚴重，以往只要聽半小時輕音樂就可以入睡，但那段時間輕音樂卻彷彿更讓你浮想聯翩，越發鑽牛角尖，唯有說書人一段歷史故事，喋喋不休，讓你毫無思考的餘地，才把你催進睡眠裡。

「這些事你為什麼不告訴他，他是你男朋友都沒發現你在焦慮嗎？」阿若問你。

你頓時無語。

那些你忙碌的日子，男友也正在為工作煩心，起初你談過幾次，話題一開就控制不住嘴巴，忍不住抱怨上司、責怪同事，豬隊友太多，身邊根本沒人可以幫襯，這是老話題了，一談起這些，男友就會問你：「這麼不快樂，為何不離職？」然後說起：「你以為我就很好過嗎？我每天比你晚睡，比你早起，你胃食道逆流，我都快胃穿孔了。」

兩人陷入一種「到底誰比較慘」的抱怨比賽裡，誰也沒安慰到誰，甚至開始抱怨起彼此，引發爭執。

「為什麼可以跟好朋友說的話，無法好好對男友說呢？」你問阿若，「我覺得我跟他好像變得越來越沒話講了。」

一陷入這種思緒，你越發沮喪，相處五年，難道感情越來越淡？變成室友了嗎？他曾經多麼溫柔，他曾在你最沮喪的時候給你溫暖、幫助，為什麼現在變得那麼沒有耐性？愛情到底是什麼？為什麼相愛進入同居之後，變得若有似無，以往細心體貼的戀人，卻變成了最沒耐心的人？

因為跟阿若聊了很多，心裡許多鬱悶都紓解了。阿若也說起自己的戀情，雖然對方很體貼，但是因為工作不順，兩人陷入經濟焦慮裡，你安慰阿若，心裡頓時也覺得幸好你跟男友的工作雖忙卻衣食無虞，事業也算成功，住的地方打理得舒適，半年前也才一起去旅行，過完年也還有遠行的計畫。其實你們的生活並不算糟，換個角度想想，經過這幾年的拚搏，兩人的生活狀況都好轉，也有結婚的打算。

晚上男友回來了，買回火鍋，熱了一桌子菜，你幫忙收拾碗盤，夜裡一起看劇，你對他說：「我知道我前陣子為什麼要聽有聲節目睡覺了。」他說：「為什麼呢？」你笑說：「因為需要疲勞轟炸，才能讓腦子靜下來。」他笑了：「就跟你每次看戰爭電影都會睡著一樣。我都知道啊，所以沒阻止你。」「你知道？」你問。「知道啊，以前總愛嘰嘰喳喳，前段時間卻變得話少，就是在焦慮啊，你這個人又好強，說出來怕被我嘮叨，對吧？」「那你為什麼不安慰我？」你問他。「好女孩啊，那些日子我也很慘啊，想安慰也找不到好句子，而且我都快被上司追殺啦！我們這麼久了，有時候也要自求多福，彼此放生一下啊！」男友說。「我們是不是變得疏遠了？」你說，「我都覺得我們是不是不相愛了？」你哭了。

「傻丫頭啊，不是不愛，是我們都沒力啦，光對付自己的工作壓力就快沒命了，那時候真的沒力氣扮演好情人，這件事我們要有默契，不能因為一時一刻的疏忽，就懷疑感情。真有懷疑，也要說出來，別往壞處想啊！」男友抹掉你的眼淚。

你突然想起那些日子裡對男友的態度，其實不像對阿若說話那麼和緩，你堆積了一肚子怨氣，等著每天回家見到男友就大吐苦水，而男友則好像用蠟封住了耳朵，一回到家就陷入耳聾狀態，整個放空，你一看到他那樣子就發火，於是一開口就是：「你知道我今天有多累嗎？」「下午又胃痛，飯也沒吃好，現在很難受啊！」

那一段日子裡，你自己也不曾問過他狀況好不好，工作上的困難有沒有克服，每天睡那麼少身體還受得住嗎？

你想起你對阿若的傾訴是沒有任何要求的，但你對男友的抱怨卻是情緒發洩，好像他就應該讓你把這一天發生的所有事都吐出來，不分巨細全部幫你消化處理掉。他的回應一旦不如你意，你就藉故發脾氣，他選擇不回應，你就彆扭幾天不跟他講話。你似乎不只希望他當垃圾桶，還要當你的心理師，最好也負責幫你解決內心的焦慮，然後再化身復仇者，幫你大罵公司裡討厭的人。

你哭一哭，自己都不好意思了，明明在公司是個女強人，為什麼在戀人面前，卻那麼喜歡撒嬌、耍賴、需要幫助？因為你以為那才是愛，你以

為如果他愛你，就該時時在你需要的時候出現，化身為救護者、幫助者，他永遠要笑容滿面、溫柔體貼，永遠隨時準備幫助你、保護你，不會有自己的問題。但談戀愛又不是在演電視劇，下了戲，每個人都得吃喝拉撒，必須養活自己、照顧家人，戀人只是作為一個人各種身分之一，每個戀人也都是凡人，能力有其限制，要看清楚這個限制，並且知道如何互補、互助，你自己亦然。

有時，對待戀人要像對待你的好友那樣，知所進退，有所節制，我們對於好友的要求不會無限上綱，我們在朋友面前不會無理取鬧，我們懂得友誼的建立，前提是志同道合，有來有往。

難道戀人就不是這樣嗎？戀人只是比友誼更全面的關係，那種全面與親近，並非意味著毫無節制的要求，甚至因為全面與親近，更應該提醒自己，有些事不需要戀人來處理。你有朋友、同事、兄弟姊妹、老師，甚至醫生，某些情緒，先去找這些人談談，然後把交談整理過的結論，告訴你的戀人，讓他可以不用負擔你的情緒，也能體會到你的心境。這不是疏遠，這叫做尊重，我們是這樣寶愛一個人，想要與他一同成長，所以不把他當成全方位的垃圾桶，而是分門別類地處理自己的需要，也理解他的需要，讓彼此用最好的方式相處，才能走得遠，走得長久。

#下一場戀愛開始前

愛情是兩個人自願、相約的一段旅程，
期限無法一人決定，
全憑兩人一起走到哪裡算哪裡，
所謂的諾言，只能當作參考。

離開他已經很久很久，久遠得彷彿那是上個世紀的戀愛，好像你是在上輩子與他相愛、分開。那些撕心裂肺的痛苦早就過去了，熬過之後，再回頭看，痛苦變得很淡很淡，記憶更多的是那些相知，是他如何帶領你打破封閉一成不變的生活，以及他離開後，你是如何重新站起來，並且成為一個可以獨立自主、自信自愛的人。

「我覺得我好像可以談下一段戀愛了。」你對我說，「但是一個人的日子過久了，雖然憧憬兩人生活，卻一點都不知道怎麼開始了，我好像變得太獨立了。」你笑笑說，「在一個人自在的生活裡，有時也會擔憂，會不會進入戀愛裡，我又會變成過去那個放不開、死心眼的人。會不會我只要一戀愛，就又變成另一個人？」

這是個好問題。

每一段戀情都是一次學習，在愛情裡，在與戀人唇齒相依、近距離的親密中，我們會驚見自己都未曾見過的面孔，甚至會激發過去曾經受到的創傷，愛情使人發現自我的美好與不堪。墜入情網的快樂，產生忌妒時的激動，情感生變時的痛苦，這些都是一個人的時候無法產生的情緒，遠比家人相處、朋友相會，產生的效應更強，自我暴露的程度更高，那該怎麼辦呢？想像沒有用，只能去經驗，去學習。從愛裡學習，從快樂裡學習，也從痛苦中學習。

上次的戀愛你發現了自己從貧窮的原生家庭裡造就的自卑與不信任，

在整個成長過程裡，你始終執著於「說謊就是錯的」「承諾應該兌現」「非黑即白」，你認定自己是個癡情的人，對方既然知道你的認真與執著，就該對你負責到底。於是當他感情生變，你最悲痛的是「連他都不能信任」「所有人都會背叛我」「我想要報復」。你努力維持的自信好像一夜之間破滅了，每一天看見自己的狼狽，看見自己因愛而生的瘋狂，你都好恨自己，更恨他將你帶到這裡，卻又撇下你不管。

你經過了很長的時間做心理諮商，把童年的創傷徹底挖開，諮商師陪你一步一步、一點一點回想，你讀書、寫筆記，想把那些斑駁的往事都看清楚，想要一點一點把自己救出來。

你一直都是聰明的孩子，自小訓練的堅強也很快又發揮作用，兩年過去，你感覺人生好像重來了，好像終於把生命最初家庭帶來的傷害慢慢整理清楚，把自己內在的受傷小孩一點一點療癒，像撫養一個孩子那樣，把自己養大。

後來的你，變得好漂亮，是你自己都不知道的，一股從內在渾然而生的美麗，你也不知道自己學會那麼多技能，離開穩定的工作與生活，你竟可以靠著接案，到世界各地旅行。你從一個對錢沒有安全感的人，變成了生活簡單、自給自足，可以透過從事喜愛的工作謀生，又不必朝九晚五上班的女子。

「我一個人生活得很好，但不知道另一個人親近我的時候，我會不會又故態復萌，會不會有些問題仍在，我只是不知道？」你問我。

只有再一次投入愛情裡，才能驗證這一切。

然而，不要盲目地投入，不要因為寂寞而投入，先整理好自己的心情，先自問你是否對於真實、謊言、承諾、傷害有了更新的看法，你是否知道愛情本就是無常，正如生命一樣，你是否有能力接受失落，知道凡事未必盡如人意。你是否可以避免上一次的經驗，在認識一個人的時候，不只是去聽他的諾言，而是更深入地認識、了解他，並且給彼此更長一點的觀察期、練習期，不要帶著「從一而終」的傻氣，不要一開始努力抗拒，

只是被追求、被誘惑、被說服，到最後答應了、相信了，就一股腦投入，以至於失去自己的判斷。

要知道愛情是兩個人自願、相約的一段旅程，期限無法一人決定，全憑兩人一起走到哪裡算哪裡，所謂的諾言，只能當作參考。開始時要很謹慎，進入關係後要很冷靜，繼續關係時必須要有執著，肯付出，但卻不意味著付出就會有收穫。

你已經學會了獨立，接下來要學習的是「關係」，兩人關係裡有一個重要的點是互信與互賴，要知道兩個人與一個人不同，有點像是跳探戈，一進一退，要相互配合，兩個人既是戀人也是同伴，除了熱情地相愛，也要理智地相知。這個階段你要學習的是，放棄對於愛情僵固卻脆弱的想法，把兩個人當作平等的關係，而不是找一個可以依賴的對象，全然把自己投入在他身上、依賴他、等待他來照顧、給你幸福。因為是自願、平等的關係，你要記得一段時間就要兩個人一起好好審視你們的狀態，不要自欺欺人，也讓對方知道你有能力接受現實，願意真心真意一起面對關係裡的問題。你想要理解他，就要讓他知道，你有理解的能力，你也要知道自己在愛情裡的患得患失並非無藥可醫，隨時提醒自己，忌妒、占有、失落、懷疑、依賴，都是自然現象，我們要做的是去看見它、審視它、接受它，以便有機會可以理解與改善。

每一段戀愛都是不同的，不要帶著一樣的預期。幸福是一步一步累積的，無法一蹴可幾。

最重要的是，先把心打開吧，習慣了一個人的生活，如果你也願意讓另一人加入你的生活。「一起努力看看。」不妨這樣想，下一次的戀愛，不要驚天動地，不要一廂情願，而是一次邀請，尋找一位志同道合的同伴，就像你遊歷天涯那樣，邀請他與你一起探索愛情世界的種種。不要害怕受傷，不要期望結果，只是把心打開，去感受那個可以與你一起同行的人來到，接近他、理解他、接受他，無論誰主動，一起進行這次愛的學習，你會看到自己已經走到哪，還需要學會什麼。不怕，地獄你都走過了，放開心，不要設限，去遇見那個讓你心動的人，給自己機會，也給愛情一個機會。

你像個小偷一般愛著他

輯二

選擇題：在愛的岔路口，我 願 為你停留

我愛你，與你何干

你說那年你二十歲，他是社團裡認識的學長，白淨長臉，黑框眼鏡，細長的眼睛，又高又瘦，不笑的時候很嚴肅，笑起來非常傻氣，他穿著法蘭絨格子襯衫，破破的牛仔褲，不知道是不是因為總比旁人高，他養成了駝背的習慣。

學長的房間是大家開會的地方，三面牆都是書架，滿滿都是書和CD，都是你沒讀過的書，沒聽過的音樂，屋子裡總是煙霧瀰漫，每個學長都抽菸，他也抽，你最喜歡看他把香菸抽得很短很短，一副很愛惜的樣子，可是你不喜歡他撿別人的菸頭來抽，那太髒了吧，你心想。他從來不許人去清理那盆堆得滿滿的菸頭，「沒錢的時候還可以拿來抽。」他說。

是啊，學長好窮，那時大家都窮，可他特別地窮，不但抽旁人的菸頭，還曾經吃其他人剩下的飯盒。你忘不了那一天，大夥聚餐，吃的是便宜的餐盒，他比較晚到，有人先走了，看到桌上剩下的剩飯，他每一盤都清空，「好久沒吃米飯了。」他低聲地說，你心痛死了，隔天就去買很多麵包，他的門從不上鎖，誰都可以進去，你把麵包跟咖啡豆都帶去，還帶了一條菸，這花掉你一兩星期的零用錢，你沒留字條。

屋裡沒人，學長曾對大家說，喜歡的書都可以借走，你搬了一本又一本。你幫他掃地、晒棉被，把垃圾都丟掉，你發現架子上堆滿了麵條跟罐頭，學長總是煮白麵條配肉醬罐頭，用小小的電爐、鐵鍋，煮上一大包，跟隔壁另一個很窮的學長一起吃。你把屋子清掃乾淨，唯獨沒有清空那個菸灰缸。

那陣子你每週都去拿書，麵包換書，香菸換書，很划算，學長的書上瀰漫著濃濃的菸臭，裡面寫滿了筆記，學長的字非常剛毅，力透紙背，即使只是筆記，卻也寫得工整，你把那些筆記都抄下來，比讀正文還認真，大多數的書你都歸還了，唯獨留下筆記最多的那本，就一本，像贓物般藏在枕頭底下。

你像個小偷一般愛著他，偷書，偷CD，還書，還CD，再加上麵包、咖啡、香菸、水果。整整一年的時間裡，你像夢遊一般走進他的房間，在裡頭待很久很久，仔細地打掃，認真地學習，你聽他聽的音樂，讀他讀過的書，你摺疊他穿過的衣服，陽光晴好時，你也幫他把屋裡的衣服棉被都晒到陽臺去。學長上午睡覺，下午會出門，你總是趁著下午時間，小偷一樣溜進屋，待一兩小時，再悄悄溜走。

那段時間你很幸福，你啃最硬的理論，聽很吵的搖滾，捏著鼻子忍耐菸臭把那成山的書本一本讀過一本，筆記寫滿一本又一本，學長總是不在，卻也無處不在。你聽人說起學長上一段戀情，對方是非常漂亮的學姐，聽說學長是被甩掉的，在學校裡看見學姐騎著單車經過，你總是忍不住瞪著那雙又直又長的腿。你給學長買過一件襯衫，也是格子襯衫，換季了，你找了舒服的棉布料子，尺寸是小心用尺量過的，後來你看見學長穿著，袖子竟然短了半吋，非常氣惱自己的不小心，但看見學長認真穿上了，想來他是惜物的緣故。

學長的房間就在小吃街二樓，臨窗可以望見樓下排隊的人潮，開會時大家都高談闊論，你也如旁人一樣，假裝不動聲色，學長沒多看你，也沒少看你，一視同仁，你覺得很安心，寒假的時候，學長回家去了，你也回自己老家，那兩個月你過得非常痛苦，就開始寫起文章。

不知道是因為愛情，或者因為讀書，你從學長的房間偷走了很多知識，也生長了很多心緒，你變成一個有很多字要寫的人，每天你都給自己買麵包吃，像是回到二樓學長的房間那樣，抱著麵包走上樓，回到自己的房間，媽媽說你胖了，因為吃太多麵包的緣故，你才感到心慌。

那個寒假結束，學長就要畢業了，一想到這件事，你就頭皮發麻，該不該對他告白？這件事完全不用考慮啊，學長喜歡的那個學姐，比你漂亮一百倍，更何況，你只要能夠給他買麵包、晒棉被，就很開心，為什麼還需要表白。

你猜想學長早就知道是你送的麵包，你買的襯衫，他沒把房門鎖上，是因為他很窮，需要那些物資，你很感謝他沒有說穿，安靜領受你的用

心，你又猜想或許他渾然不知，因為給他送食物的人不只你一個。但清掃房間的事只有你做過，因為房間總是那麼髒啊，堆滿了揉碎的紙。

你想過，在學長畢業以前，給他寫封信，就一封，不署名，但後來你把那封信寫成了一篇文章，就登在校刊裡，連文章也是密碼，絲毫沒有提偷書與送麵包的事，你寫的是大海，以及在海邊等待父親回來的一個小男孩。

你倒數著日子，感覺學長的臉頰似乎沒那麼消瘦了，麵包也滋潤了他的身體，就像豐潤了你的臉一樣。你把書一本一本還回去，經過一年的苦讀，你感覺學長無意間教會你好多事，你已經不用去偷他的書，而可以自己去書店選書來讀了。音樂方面，也確定自己喜歡古典樂勝過搖滾樂，經過這一年，你長高了一公分，頭髮長了很多，可以束成馬尾。

有一天，學長把頭髮跟鬍子都整理過了，不多久，房間上鎖了，你感到詫異，聽說，學長談戀愛了。

你親眼看見學長跟著另一個學校的學姐一起下樓那天，你正提著一袋新書要回家，學長跟學姐跟你打招呼，你感覺心臟都快停止了，學姐好漂亮，比上一個學姐更好看，社團交流的時候見過兩次，學姐喊你過去，你走過去了，看見學長牽著學姐的手，你突然感到頭暈，他們到底說了什麼你不太記得了，但是學長一直在微笑，學姐的聲音好溫柔。

你感覺生命裡有朵花開，又謝了，一片雲飄過，一陣風吹過，一個故事結束，另一個開始了，你把雙手緊握，心裡很安心也很空洞，至少學長不會再挨餓了，你低聲說。

開始與結束，自枯自榮。這一切都是你自己的事。

只不過是走不到最後

你說，生命裡經過的愛情記憶最深刻的，是一個離別的禮物。

那時，你正與戀人L同居，兩人因為一個研習活動相識、戀愛，而後同居，因為前一段戀情結束得很痛苦，所以你猶豫了很久才與他同居。L有自己的小房子，你是第一次交往年紀輕輕就擁有房子的戀人，那時你們開心地一同為家裡添購各種家具、擺設、植栽，一直在城市裡蝸居的你，頭一次因為擁有品質良好的住所而興奮不已。

你們志趣相投，很多理念也都合拍，他很溫柔，你很活潑，他沉默，你多話，但相處起來卻非常融洽，這份融洽好像可以一直維繫下去。

有一次他請你到一家餐廳吃飯，在餐廳的露臺座位上，燈光綽約，美酒閃耀，你感到幸福陶醉，他像是想要對你說什麼，最後還是沒有說出來，徜徉在幸福中的人不會因這些小事而焦慮，你們牽著手回家，仍像過去那樣，平靜且和樂。

再來，是你的一次出國進修。

在那兒，你第一次遇見了所謂的「靈魂伴侶」，你一直以為就像你跟L那樣，一種平靜且自然的相互理解，誰知道真正的靈魂伴侶，有時是帶著破壞性的，他橫空出世，突然來到你眼前，你感覺好震撼，好像過往看到的風景都不一樣了，那個人幾乎就是生來要理解你的。他開車帶著你到處逛，起初只是不同領域的兩個人，因為在異國而感到親近，但當你們開始交談，就像靈魂裡有著某個密室，一旦適合的鑰匙出現，就被打開。

這是一種戀愛嗎？你不確定，但被改變了的自己斬釘截鐵，你感覺世界浩大，還有很多東西等待你去發現。

你並沒有與靈魂伴侶進一步親近，沒有逾越朋友的界線，但你們都知道，那只是時間早晚的問題。你感受到那份破壞性的魅力，如何地改變了你。

回去之後，你流著眼淚對L訴說你的遭遇。

聽完，L也說起了他那次的欲言又止，他說在公司裡有個同事，也像你遭遇的那般，讓他體會到人生中有真正需要、想要、迫切渴望擁有的人，但那時他與你正在戀愛，他不知如何面對這份轉變，於是也只是與那個同事維持朋友關係。

多奇妙啊，你們竟然討論起這些事情，之中彷彿沒有任何忌妒與猜想，你鼓勵他勇敢追求同事，他也鼓勵你去美國尋夢。

那段時間，你們的關係似乎又更深刻了，知道彼此都不是對方的真命天子，卻也沒有受傷，反而像是相陪一段，要好好走完全程的用心。你還在拿捏著去美國尋人的時機，是他先與同事告白，經歷了一段不順利，但也不能說完全沒機會的曲折。

三個月後，你訂了機票去美國。出發前，L送了你一件大衣、一雙球鞋，卡片上寫著：「大衣讓你保暖，鞋子帶你去你想去的地方。」

你握著卡片靜靜地哭了。

為什麼過往生命裡經歷過的愛恨離別都那麼慘痛，好像兩個人一旦是情侶，分開時就必得是仇家。人好像只有把愛情耗盡了，才可能會分手。分離，似乎只會摧毀愛情，摧毀過往的一切，但是你們沒有，那真的讓你感動。

別人可能會說，那是因為你們各自都變心了啊，所以才不痛苦。但你們那時才二十八歲，人生還有很長遠的路。誰能保證自己一生都不改變？後來你看見了他喜歡的那個女孩，真真是跟你全然不同的人啊，你看到他們相處的樣子，都覺得他們好般配，所謂的忌妒、占有、比較的心理都被眼前那兩個人相知相惜的樣子完全融化了。

你提著行李去美國，卻是心碎回家。

是啊，那人的出現是破壞性的，重逢也是，你應該要怪自己笨，恨他不信守承諾，但是你沒辦法，你好像在L送給你的那件大衣裡感覺到包容，在那雙鞋子裡體會到寬闊。是啊，你想要一種愛情，不是非死即傷，全有或全無的，愛一個人，不一定要擁有他，不是非得要帶給我們幸福，他才是值得愛的。

不是所有感情都要用結果來論斷，你看著那個後來傷了你的心的人，還是感覺到他曾經帶給你的衝擊，你還是記得你是如何飄洋過海，在機場看見他時如何放聲大哭，你是如何像找到自己失去的一部分那樣欣喜與他相遇。你記得他帶你去過的每一個地方、他對你說過的每個故事，記得他引發你的雄心壯志，你是如何努力地學英文、努力地想要換工作，你知道你的將來不止於此，你應該更勇敢一點。他帶給你成長，也帶給你傷心，事物都有一體兩面，好壞都要承擔。

所以，當你哭著回家，看到L與同事正在熱戀，你心裡有一點酸楚，但一點也沒有後悔。這世上的人總用結果來論斷一件事的價值，而你知道，每件事的發生都有意義，你知道痛苦悲傷跟喜悅歡樂都會帶給人成長，你覺得自己經歷了好漫長的旅程，蛻掉一層又一層的皮，看到了真實的自己。你收拾行李，搬出了那個本來可以安穩居住的家，自己去租了一個小小的房子，那是大學畢業後第一次，你真正的獨立。過往生活總是跟戀人住在一起，隨著戀愛的起伏而動盪，你想要把自己重新建立起來，租一個屋子，擁有自己的冰箱，添購第一個沙發。L與你的其他朋友陪你搬家，你像打造自己的內在那樣打造那個小屋，你情傷未癒，但心裡已經對未來充滿期盼，是前所未有的期盼。

是啊，有些戀愛無疾而終，有些戀愛半途而廢，真正必須要持續下去的，是自己的人生，無論有沒有人陪在你身旁，你才是要扛起自己人生的那個人。

一起到天涯海角

他們是在旅途上相識的，背包客棧，一房八人，來自各地的背包客，都懷著各自的故事。她原是一家新創公司的公關，收入高，壓力大，每天工作十二小時，兩年高壓工作之後，遭到男友劈腿，又罹患初期癌症，人生跌入低谷，獨自經歷手術、化學治療。療程結束後她清空了租屋，把家當寄回老家，背著一個十四公斤的背包就上路了。

最初的旅程都在哭，她搭長途火車，睡臥鋪，搭遠程巴士，縮著身體在車廂裡睡，她都不知道自己到底看了什麼風景，去過什麼地方，感覺是一路在奔逃，但要逃去哪兒自己並不知道。

他已經旅行三年了，早早就知道自己不是當上班族的料子，靠著攝影、寫旅遊文章過活，他在城市裡有一個很小的房子，但大多數的時間都在路上。

他們在古城那個民宿相遇時，她的行李已經剩下五公斤，能丟的都丟了，長髮綁成兩隻辮子，每天早晨都在廚房做早餐。他是新住戶，一見她就開玩笑說，能不能搭伙？她笑笑說，好啊，拿兩瓶啤酒來換。

那時的日子真是漫無目的，就是在過生活，早晨煮兩隻雞蛋，烙一張餅，煮一壺咖啡，燙一點蔬菜，削一只蘋果，兩個人吃這樣有點不夠飽，就再加一只蘋果，又烙了一張餅。

早餐時間可以拉得好長好長，吃到近乎中午了。他問說，中午要吃什麼？她笑說，又餓了？他說，你做的早點好開胃。

中午，換他煮一鍋麵條，麵條是自己擀的，她簡直不敢相信他還會擀麵條。他說，在旅途上什麼都可以學得到，除了麵條，還會做包子呢。乾麵拌辣肉醬，蔥花撒得滿滿的，聞起來好香。午餐端到院子裡吃，有旁人加入，就一起分食，有人煮了水餃，有人做了沙拉，還有人燉了咖哩飯，簡直像野餐。

他倆是一起吃吃喝喝，度過許多早餐午餐晚餐，走過許多山路，看過很多黃昏，才慢慢走在一起，簡直有點像老夫老妻了，沒有太多激情，生活裡總在走路、做料理、談話。他教她拍照，一點就通，為了練習，她為他拍了很多照片，他說自己這一生中都在拍攝別人，很少入鏡。她總是拍他，鏡頭底下才發現，凌亂的頭髮底下，他長得一張好俊秀的臉。

記不得是誰先吻了誰，分不清是誰先告白，一切發生得意外，又那麼自然，就像他們住的民宿，室內室外都敞亮亮地，公私領域並沒有嚴格區分，來到這裡得放下個人主義，要融入團體生活，但因為心裡自由，也不覺得拘束。

她一直以為自己對愛情已失去信念，沒有憧憬，與他之間的愛太過輕盈，也不感覺需要許諾，她沒有任何防衛，只是感覺自己日復一日地，對他的喜愛像雲朵堆疊，越來越高。他們一起去了古城朝聖，走幾百公里路，她沒料到自己的腳程這麼好，體力也恢復了，與他在一起，做什麼都變得容易，是放心的緣故。

她不知道雲朵堆積，昇華，也有變成雨的可能。

意識到自己離不開他，是在一個很平常的午後，從古寺的山路回到民宿，身心都需要休息，她在院子裡喝茶，翻閱手機裡的照片，她發現自己拍了好多張他的笑臉，他是那樣輕易就笑得瀟灑的人啊，他徜徉在天地之間，心是寬闊的，她好像一直在追逐他的臉，渴望捕捉到他更多的燦爛，她是在相機裡看到了自己的一份癡，因而感到困惑。

那時他們相識相愛已經四個多月了，她突然想到他說過的，一個城市，他通常不會待超過半年。

她想到這句話，幾乎是瞬間就掉下了眼淚。

他問她怎麼了，她搖頭不語，天啊，她怎麼會忘記，這是一份有期限的愛情？

已經好久沒有出現的想法，像雨一樣紛紛落下，相愛有多快樂，分離就會有多痛苦，他是那樣瀟灑，她怎麼可能挽留他？他們的愛開始於旅途，自然會在旅程裡終結，這不是一開始就知道的事嗎？自己為何會貪戀？

她心中快轉了很多臺詞與畫面，確實，他從來也沒有給過她承諾，從來沒許過心願，說要一起再去什麼地方，她甚至想像，他在城裡那個家，會不會就有一個女人在等候？

他見她臉色黯然，再問了一次：「怎麼了？」

見她不語，他淡然地說：「是不是想到了將來？」

她大哭了起來，也不管是不是有人在看，不顧旁人是不是會誤以為他欺負了她。

他看著她哭泣，沒有別開頭去，他看著她哭泣，沒有再多問，沒有多說，就像是無故起了一場風雨，只好在簷下靜等，讓風雨過去。她在哭泣中內心許多疑惑逐漸浮出，又隨著眼淚散落，哭出來感覺好多了，她發現她自己心裡還有好多傷痛，沒有隨著遠行消失，她發現她之所以想哭，也不只是因為愛他的緣故，她越哭越清醒，越哭心裡越明澈，他望著她哭，像望著天空落下很自然的雨，沒有優劣，沒有好壞，都很自然。

她哭得天都暗下來了，體內好像被淨空了一樣。

「離開是為了找到方向，不是為了逃避。」他說。「我們相遇，因為發現在一起可以看見內心潛藏的自己，所以覺得快樂。」

「我知道，可是我捨不得分開。」她說。「但內心又有一個聲音告訴我，分離或者在一起，其實沒有很大的區別，因為我們懂得彼此。」

「是啊，因為心很靠近，身體在什麼地方都不要緊。」他說。

他把手放在她的手上，輕聲地說：「你看，這樣相合的一雙手，到哪裡也不會分散。」

「況且不管去哪裡，誰說不能一起走？」他說。

「可以一起走嗎？」她問。

「為什麼不可以？」他說。

「你說過喜歡一個人旅行。」她問，「你說一個地方待上半年就要離開。」

「對啊，我說過那些話。」他笑笑說，「我沒有忘記。」

「我想過了，如果你想要自由，我應該讓你自由。我做得到，只是捨不得分開，但我想讓你快樂，應該給你自由。」她哭著說。

「我很自由。」他說。

他拉著她的手，走到院子裡去看花。

「你看花開花落，好像都有定數，但是誰知道我會遇見你呢？半年也好，一個人也罷，誰說那些是規矩，兩個人有兩個人的走法，要去哪裡，可以一起商量。」他說。

「帶我一起走嗎？」她說。

「不是帶你一起。」他說，「是一起商量，要到什麼地方去，離開或留下，這個城市或那個城市，兩個人一起決定。」

有這句話就夠了。她想著，在一起或分開，無論下一步是什麼，她心裡知道，他們相知相惜，那是最重要的事。

幫助我好好愛你

戀愛三年，她決定去英國攻讀碩士，這一直是她的夢想，以前是苦於經濟，後來是因為眷戀愛情，始終無法成行。她常問自己，現在的生活有什麼不好，她已經有穩定的工作，他在大學的教職也轉正職了，住的是父母給的房子，他的性格安定，善於照顧人，感覺會是個好丈夫，好爸爸，他知道她的夢想，鼓勵她去求學，可是這一讀得多少年才畢業？她都三十歲了，這一耽誤，恐怕也成了高齡母親。父母都勸她別去，這種好男人不多了，等你回來都幾歲了，還要嫁給誰？

可是就是因為這份安定，才讓她有勇氣去實現理想。

經過一年的準備，她申請到理想的學校，拿到了全額獎學金，安排好住宿，收拾行李，就出發了。

現在通訊發達，視訊電話一開，彷彿人就身邊，最初，兩個人沒有什麼隔閡。頂多因為時差要調整聊天時間，他總是把視訊開著，讓她讀書的時候可以看到他睡覺的樣子，傻傻一個大個子，睡起覺來像熊似的。有時她幾乎要伸手去觸摸電腦螢幕，彷彿可以摸到他的臉。

冬天的時候，她罹患了憂鬱症，以前在臺北從沒發生過，她慌亂得不得了，她住的城市太冷，食物太難吃，房東脾氣壞，鄰居也不安好心，不知為何，她眼中所見都是可怕的人事物，她漸漸不出門，沒辦法上學，再下去恐怕課業就要耽誤了。

那時他飛到了她住的地方陪伴她。

「工作不要緊嗎？」她問，「都要緊，但是你最要緊。」他說。

有他在的時候，她情緒漸漸好轉了，有人張羅吃喝，有人陪伴說話，他陪她穿過雪地，開車去上課，她上課時，他就去校園裡的咖啡館待著，下了課一起回家，去超市採買，自己做飯吃。

好像在家一樣的生活。

「我是不是應該放棄學業，看來我不是這塊料子。」她懊惱地說。

「看你怎麼想，要再試試也可以，身體不是好多了嗎？」他說。

她突然對於他即將離開的事感到非常焦慮，又對自己的無能為力感到挫折，什麼都是她自己要的，現在卻承擔不了，想要中斷學業，又覺得回去會丟臉。她陷入憂鬱的無限迴圈。

「要記得，這個不是你，這是憂鬱症造成的負面思考，那不是你，不要對自己下判斷。」他溫柔地說。

她送他上了飛機。

好好壞壞一陣一陣的，勉強度過了冬天。

春天到來，她又病了。

異國的春，到處都人影雙雙，大家都志得意滿，只有她形單影隻，而且是自己選擇的孤獨。

有一個男同學靠近了她。

男同學以前也是憂鬱症患者，他陪她去登山健行。「多晒太陽，多流汗，驅趕憂鬱最好了。」

她對男同學沒有男女之間的想法，更多的是病友間的互助，只是那陣子，她待在戶外的時間增多，跟男友視訊的時間變少了。男友知道登山的事，也知道那人陪她去看醫生，帶她去練習瑜伽。「就是男的閨密。」她說。「沒關係，只要你好好的就行。」他說。

以前總覺得他溫和，現在想想，他是太溫和了，好像連忌妒對他來說都是太過激烈的感受，凡事只要能往好處想，他絕對不往壞處琢磨。

她在憂鬱症之中看到了自己的人生問題，童年時母親多病，父親在外流連，記憶裡憂傷的母親總是披著父親的外套，站在窗邊沉思，哪裡也去不了的母親，約束不了愛放蕩的父親。母親荒廢了母職，成了一個常年失戀的女人，她就得擔起責任，做飯給弟妹吃，整個青春期，她不記得自己有過玩樂的時光。

那一段時間後來好像誰都不記得了，浪子回頭的父親與母親後來感情很好，誰也不想提起那段往事，就好像誰都沒有受傷，只有她耿耿於懷。

或許因為那一段回憶，她成了一個始終覺得自己沒有被愛夠的人，她知道自己被愛著，但他給她的愛是那麼溫吞吞的，看起來大氣，卻又像是不在乎不要緊，沒有也沒關係似的。

她又陷入了憂鬱的迴圈。

「那不是你，那是憂鬱症的思維。」他說，「你要走出那個想法，你要設法超越它。」

她忍不住對他生氣了。「那不是憂鬱症的思維，那是我的創傷，那是我沒有痊癒的傷口，那是我沒有被滿足的需要。」她大叫著。

溫和的他忍不住急了，「你要我怎麼辦，我又不在你身邊。」

「接受我，我只想要你接受我，接受我的不完美，我的痛苦，我的焦慮，不要跟我說那不是我，不要叫我走出來，我沒辦法超越。」她哭著說。

她知道自己說的話他聽不懂，他的好就好在他不鑽牛角尖，他不負面思考，他看什麼事都是清澈的，他看到的她也是。

男同學帶她去做心理治療，療程很貴，她把珍藏的首飾都賣掉了。

醫生沒有要她超越，沒有要她走出來，醫生要她徹底仔細地描述，那兩年姊代母職疲憊的生活，以及後來各種心情陰暗的日子，她第一次可以這樣暢所欲言，訴說她的悲傷，她的不滿，以及她的匱乏。

一次又一次的會談中，她再一次重新審視自己的生命，她好像比較清楚為什麼自己會放棄工作與愛情，飛到英國來。學位並不重要，她得為自己活一次。

她越來越喜歡那個陪她走過大霧的男同學。

有了體悟之後，她覺得她該回家了。

結束最後一次療程，她向學校辦了休學，但預感自己可能也不會再回來，就把家具書本都賣掉了，男同學陪她最後一次散步，她心裡沒有太多不捨，那份喜歡不代表什麼，如果要說治療有所成效，大概就是她終於明白，有些喜歡不是愛情。以前的她大概就這樣陷落了，因為她是個心裡有匱乏的人，看到的人事物都被自己美化過。現在她知道，關於愛情，關於生活，她還得再重頭學起。

他到機場去接她，開的是新買的車子，一輛休旅車，她很納悶為何換了車，他說，「我想以後我們可以去外地旅遊，你若喜歡登山，我們也可以去。」

他又說：「我不應該叫你走出來，我應該陪你到處走一走。很抱歉我總是叫你要超越，其實我根本不了解你活在什麼樣的痛苦裡，我不了解，但是我可以學。我不應該叫你努力，你已經夠努力了。讓我來幫助你吧，你放輕鬆，想哭想笑都可以，過去的人生裡你太辛苦了。幫助我，我想要接受全部的你，幫助我好好愛你。」

她靠在他的懷裡大哭了起來。她突然想起他說過的話：「那不是你，那是憂鬱症。」其實他說的又何嘗沒有道理，可是不管那是什麼，重要的是他們在一起，他們會努力一起去面對。

#我願意成為那個先開口求和的人

吵架時，讓自己先閉嘴，
冷戰時，也鼓勵自己先開口，
這是一種愛的方法。

周邊的朋友們，有些愛侶看起來甜甜蜜蜜，吵起架來卻也轟轟烈烈，時而吵鬧時而放閃，明明還是相愛的，但走到瓶頸，終於沒辦法繼續了，含著眼淚，協議分手。

你問我，那些可以一起走下去，十年，二十年，甚至更久的人，到底是怎麼度過的？他們都不吵架嗎？還是有人特別會忍耐？或者是大家都在交往的過程裡改變了自己？

我想，這些都有吧，促成人們在一起的原因有很多，但分開可能只要一個理由。

還愛不愛我？往往不是最重要的那個理由，能不能有效地實現這份愛，能不能在愛情關係裡實現這份愛，才是關鍵答案。

很多看起來還很相愛的戀人分手，往往是因為兩個人自我的衝突。最常見的是，爭吵時誰也不讓誰，都想要吵贏，希望對方退讓，或者在爭吵時賭氣了，沒有人願意低頭，寧可冷戰。再者就是，你不管怎麼退讓，他總有辦法跟你吵，大事吵，小事吵，好像怎麼看你都不順眼，你都懷疑對方是刻意要吵架了。但是既沒有第三者，也沒有誰變心，就是相處起來很多地方卡卡的，舉凡飲食起居、家務分配、人際關係，同居之後，很多地方就是不順。

這些看起來都無關愛不愛，而是跟人格、個性，以及自我表達有關，我們在愛的人面前，往往會表現出自己最無法控制的一面，那些都是在親密關係裡不自覺流露的，比如控制欲、占有欲、自尊心、安全感。

比如因為某些小事對方說了你幾句，你突然感到受傷，一受傷就想反擊，那種反應幾乎是下意識的，等你發現的時候兩個人已經在吵架了，簡直是噩夢一場，到底怎麼開的頭，都想不起來了。事後兩個人在屋裡冷戰，誰也不想先開口，你心裡覺得委屈得要命，不就一句話嗎？為什麼要計較？你心想，如果這時候過來抱抱我，我就會軟化了啊，但他就是不走過來，你又想，倘若我先去低頭，那以後不就都是我要退讓了嗎？寧可就這麼耗著。

還有一種，彼此都有情緒，可能是從公司帶回來的壓力、還沒消化完的情緒，一回到家，都想訴苦，都希望對方聆聽，但彼此都處在崩潰邊緣，再承受一點點，就會決堤。這種時候只要彼此懂得安靜陪伴的道理，是可以一起度過的，但就是不知怎地，偏偏容易吵架，好像心裡有股怒火，非得找到發洩的出口，一點小事就怪對方不體貼，某個小錯誤就藉題發揮，吵架是必然的。

我們都習慣把情人當成萬能的，二十四小時三百六十五天隨時都得要愛你，很難想像情人跟你一樣也只是個平凡人，除了相愛之餘，也會有很多私人的問題。這個世界上除了你，他也還有家人、同事、老闆、朋友，這些其他人，也都在他的生命裡發揮作用，在你看不見的時候，也在要求他、期待他，也有很多需要他回應、處理、負擔的事物在發生，正如我們自己一樣。

這樣兩個平凡的肉身相愛時，也還是平凡的，會有能力上的限制，愛情關係其實就是把兩個平凡人聯繫在一起的一種試驗，考驗的是你們在面對人生的難題之餘，如何還能善待對方，如何回應對方的要求，如何正確表達自己的需要。

好的伴侶可以發揮一加一大於二的能力，你們懂得分辨對方的喜怒哀樂，知道對方處在什麼情境，一方弱另一方就振作起來，倘若兩方都在狀況不好的時候，就彼此擔待，彼此補強，忍耐著度過這段時間。這種相處模式必須經過深刻的信任與理解，你能分辨對方的情緒是否因你而起。

「不是每件事都與你有關。」他臉色不好，口氣不佳，跟愛不愛你一點關係也沒有，只要給他一點時間，讓他放空一下，或者你有能力理性地聆聽、分享、幫助他度過情緒上的低潮，或者什麼也不做，不再掀起事端，就讓這個低潮靜靜過去。

爭吵往往代表著一種呼喊，呼喊著需要，想要被理解、被聆聽、被幫助，於是把話說得大聲、意見表現得誇張，甚至把情緒宣洩出來，要提醒自己，那樣的時候，「說出來的話往往不是真的，更多是被情緒渲染過的。」我們喜歡聽好話，卻更牢記那些不好的話，你往往不記得相處美好時的言語，更斤斤計較於吵架時的惡聲，他對你千次好，也比不上一次的情緒不穩定，你像逮住了什麼缺陷一樣，死揪住那一兩句話不放，為的就是害怕，你總是怕愛情不穩固，怕對方有可能不好好對待你，怕那些惡聲才是他真正的心聲。

相愛到一種境界，是哪怕他說了千百句惡言，你也能分辨哪些是情緒化的結果，哪些看起來的指責是在示弱，是討饒、是求救、是撒嬌，對啊，他也會討饒撒嬌，他也有被安慰的需要，正如你自己。戀人們多希望有部語言翻譯機，可以把吵架時那些恐怖的對話都翻譯成正確的語意，我們就能聽到爭執中發散出來的愛意、需求，那些聽起來很大聲的溝通，也是在尋求溝通。

你可能會想，為什麼我要做那個比較理性的人？為什麼是我要做改變？是我要去理解、承擔？為什麼不是他？這樣我不是很吃虧。

其實，每個人都只能要求自己做改變，只能要求自己去學習，而學會處理衝突，學會在爭執時分辨對錯、停止爭吵，這就是愛的能力，學會了怎麼會吃虧？當你一直在努力，也真實地把這份努力發揮在關係裡，即使無法帶動他的改變，至少可以減少你自己的後悔。

爭吵的時候，我總是願意自己是那個可以先開口求和的人，我願意自己是那個先停戰的人，我也願意自己是先從衝突裡抽身、先反省自己的人。我不怕被吃定，更不怕吃虧，因為每一次處理了衝突，都會讓我更加理解自己情緒的作用，更看清自己的缺點，也更加理解對方想表達的意見，因為這些看似低下的動作，反而是愛的能力的展現，唯有強大柔軟的人，才有辦法從衝突裡清醒過來，進而有能力化解衝突。

吵架時，讓自己先閉嘴，冷戰時，也鼓勵自己先開口，這是一種愛的方法。

#不是所有親密關係都叫做愛情

愛情這回事，
唯有兩個人願意往同一個方向走，
才能真正走在一起。

你說你很苦惱與現任情人的關係，他待你很好，時常帶你出去玩，去好的餐廳吃飯，安排有意思的旅行，你們有很棒的親密關係。但是，他有個很大的缺點，時常無故失蹤，也不喜歡你打探他的行蹤。

「我們在一起的時候不是很快樂嗎？沒見面的日子就表示我在忙，我忙起來不喜歡被干擾。」他說。

聽起來都很有道理，但你就是覺得心裡怪怪的。難道他已經結婚了？查過資料，他還是未婚啊。

他不喜歡同居，每週見面三次已經是極限。你偶爾到他住處過夜，那屋子乾淨整齊，你想要留一個小抽屜放東西，他說交給我就好。

「感覺他不想要更進一步的關係，他只想要快樂的約會。但他又是個好情人，只要可以見面的時候，他都對我很好，可是不見面的日子，就覺得他好像消失了一樣。」

該怎麼辦？你說，上一回他去出差，整整四天沒有一個電話，你傳了訊息他也沒回覆，你不知道他住什麼酒店，他也沒留下任何聯絡方法。

「那四天，我感覺他好像徹底從人間蒸發了。」你說，「我覺得自己對他一點辦法都沒有。可是當我們很親密的時候，我又覺得他好愛我，我也好愛他，他說他喜歡兩人世界，不要其他東西來干擾。」

我想對你說，這世上不是所有親密關係都叫做愛情。

我並不是要否定你們之間的愛，但是，只以單方面的需求為標準的愛，不是好的愛情。

愛情並不只是發生在兩人相處的時刻，一段美好的愛情，會延伸到我們的生命裡，並且在彼此的生命中交互作用。相見時甜蜜，分開亦然，當然並不表示要時刻報備，隨時傳呼。我們跟戀人保持聯繫是因為要想要溝通，希望對方也知道自己的經歷，工作繁忙時，可以選擇在夜裡休息或者午休的時候，通個電話，傳個訊息，話不須多，也不用事事報備，其實就只是聽聽彼此的聲音，感覺彷彿都在身旁。

每個人性格不同，確實有些人喜歡僻靜，工作時需要專注，但，如果讓感情只維持在約會狀態，使得關係似乎總停留在吃喝玩樂與肉體上的親密，卻在分離的時候變得疏離，這樣的關係只在原地打轉，無法累積。通常這意味著無法與他人保持親密關係，我指的不是肉體上的親密，很多人以為只要肉體親密就表示相愛，但那只是愛的一種表達，那應該是為了讓兩個人更親密而做的，不代表就是親密。

無法維持親密關係的人，會用很多東西來轉移，他會送你很貴的禮物，帶你去很好的餐廳，與你浪漫地約會、恩愛纏綿，但只要一進入生活

裡，他就會徬徨無措，甚至感到焦慮，他無法面對人與人之間必然會出現的摩擦、溝通、協調，甚至他不知道怎麼把自己比較不好的那一面讓對方看到，他也不想看到對方那一面，因為那些都代表著親密，親密意味著分享、承擔，也意味著你必須將自己交付出去，也得接受對方交付予你的。

有些人，就是想要一直維持單身的感覺，他不想、不能、不要，或者該說，他也不知道要如何與他人維持親密、長久、有延續性、可以進一步發展的關係。

談戀愛時，這樣的對象非常有魅力，但卻時常會令人傷心。

無論愛情開始得多麼燦爛美麗，如果你不只是想要談談戀愛好玩，而想尋求可以一起成長、一起創造，一起生活，甚至共度一生的人，最重要的，還是要選擇有能力愛人，並且愛你的人。

可以給你浪漫愛情的人可能有很多，但那份浪漫是否能落實到生活裡，是否能在不浪漫的時候延續，他是否願意為你打破人我的界線，試著更親近你，也讓你親近他，他是否願意在愛情裡願意讓「我」變成「我們」，這意味著很多單身時維持的習慣要改變，你有了一個愛人，就像心上掛著一個人，你不能老是想著要單飛。

但是，真正的親密關係是這樣的，一開始時，我們努力打破界線，試著打破自我中心，讓對方參與我們的生活，這時候會有一段時間的不適應，想幹嘛就幹嘛的自由沒有了，但換來的是，你知道你的每個舉動都會牽動另一個人，你會更愛惜自己，更小心更謹慎。當我們用心地讓對方加入我們的生活，反而不是限縮在兩人小世界，而是開放自己的生活圈讓對方加入，擴大彼此的生活圈，也因為各自的不同，可以看見世界的不同樣貌，這應該是一加一大於二的效應。在彼此都把感情的地基打得很穩固時，經過雙方溝通過後的單飛是可以的，因為這時偶爾的單飛，也是為了讓各自擁有獨立的經驗，增進成長，但約定好的暫不聯絡也不要變成嚴格、硬性的規定，而是兩人都意願、都安心的。

許多人會問，是不是在愛情裡一定會失去自我？但要反過來想的是，為什麼與他人親近我們就會失去自我，為何一段關係不能讓你變得更寬闊、更有包容力，反而只是非黑即白。許多人不懂得在關係裡先建立信任，凡事退讓，甚至隱瞞、偽裝，等到你想要表現自我時，對方會措手不及。相反的是有些人從頭到尾都堅持他要維持自我，什麼都不改。

回到你那個善於失蹤只想要浪漫的戀人身上，我想，必須重新整理的是你們的交往模式，以及彼此對待愛情的態度，無論約會時多親密，若他始終堅持不讓你走進他的生活，你也可以選擇讓他離開你的生命，每個人都有選擇，重要的是分清自己要什麼，不要什麼，並且知道該在何時放手。但有些關係並非不可改變，重點是，他能否與你同心，願不願意與你同行。愛情這回事，唯有兩個人願意往同一個方向走，才能真正走在一起。

#有時戀人需要你的幫助

關係出了問題，光是沮喪、懊惱、害怕都沒有用，
發現問題並且設法解決，才是有益的，
人心看似脆弱，但同時也是強韌的，
就看你如何選擇。

你說你與他相戀了六年，同居五年期間，只要在一起，每天都一起吃早餐，最初是因為他上班時間是中午十二點到晚上十一點，而你總是十二點前就入睡了，能夠相處的時間很少，所以想出了一起吃早餐這個相處方式。

那時候日子雖然苦，住在小小一房一廳的屋子，只有個簡陋的廚房，他也能做出美味的早午餐，習慣了簡單生活的你，過往總是吃個吐司配煎

蛋就打發了早點，而喜愛做料理的他，幾乎每天都會變化出令你驚喜的早餐。麵包是一定有的，但絕對不是只有吐司，各種歐式麵包，佛卡夏、法國長棍，都是你第一次吃到，配菜從炒蛋、煎蛋、水煮蛋，到各種冷沙拉、熱沙拉，蔬菜水果總要三四種，有時吃點火腿、德國香腸，起司種類繁多，也是你以往所不知道的，中式西式日式或混搭，每天都有變化。

對他來說，一天中最重要的時間，就是與你一起吃早餐這兩個小時，他煮一杯咖啡、泡一壺紅茶，你則是喝豆漿或花草茶，夏天你們做優格，冬天就自製豆漿，早餐時間桌上琳瑯滿目，那時的小房子裡，長長的四人餐桌是屋子的核心，你們在這裡吃早餐、中餐、晚餐，在餐桌上看書、寫稿、聽音樂、談天、招待朋友，好像只要守住那個餐桌，就能有無限的天地，愛情就有個著落點。

一年一年過去，經歷過很多變化，屋子換大了，有獨立的廚房，隨著工作型態不同，他上班時間也時常改變，曾經是一週三天早班，兩天晚班，也曾經五天都上晚班，或五天都上早班，無論他必須幾點出門，你們總會提早一兩小時起床，認真安排早餐。五年同居生活裡，陪伴彼此度過許多危機與變化，無論是經濟、家庭、健康、事業，你們在餐桌上討論過各種話題，也曾爭吵、哭泣、擁抱。早餐內容也會隨著生活變化而調整，漸漸地少吃火腿香腸之類的加工品，慢慢增加了有機蔬菜的量，豆漿裡可以加上地瓜、南瓜、堅果，優格也換了菌種，無論如何，好好吃早餐，認真談談話，是一天的開始。

去年開始他的工作時間又提早了，你們用餐時間提早一小時，起初都適應得很好，年底時你因為處在工作的低潮期，夜裡時常失眠，早上起不來，一開始是他先起來做早餐，做好了喊你起來吃，你幾乎是閉著眼睛在朦朧中用餐，他一出門你又回房倒頭就睡。

農曆新年過去，你因為假期而徹底把作息打亂了，持續了快一兩個月混亂的作息，晚上失眠，早上起不來，每天都是戀人快出門你才勉強起床，桌上有他為你準備的早餐，你只能望著他出門的背影。

週四晚上戀人終於忍不住跟你說：「我們已經很久沒有一起吃早餐了。晚餐也很少一起吃。我們幾乎很少一起做什麼事了，你總是好忙好忙。」語氣裡充滿無奈。

起初你還嘀咕著辯解：「因為我失眠啊，早上起不來，因為你上班時間提早了啊，我很需要睡眠嘛……」起初他沉默，後來他嚴正對你說：「提早上班時間是去年就開始了，不是最近才改的，那時候你也是早起，吃完早餐就開始寫作，還跟我說這樣早起效率很好，這些事你自己都忘了。」

一語驚醒夢中人，你認真想想，是啊，去年九月他就提早上班了，那時你工作更忙，但也沒有不一起吃早餐啊，最近到底怎麼了？你認真思考，好像是從三月初發現工作出問題，又需要重寫的時候，內心就有個什麼東西慢慢崩潰了，表面上看起來好好的，但其實非常焦慮又沮喪，這個崩潰把你長久以來建立的寫作習慣都打亂了，所以又開始睡不著，每天都逃避起床。想清楚原因之後，你就決定要早起了，無論如何都要起床一起吃早餐，要下定決心，停止惡性循環。

你心裡非常感謝他總是在你出問題的時候及時提醒，雖然看起來像是他在抱怨你對感情不用心，但實際上卻是在提醒你對於自己生活與精神狀態的失控，畢竟這些年來無論發生任何事，不管彼此多忙，身體有什麼問題，你們幾乎都能一起吃早餐，這不只是一種習慣，更代表著你們對彼此的態度與承諾，當這條防線失守，你是該注意自己是否出現問題，而不只是拚命找藉口。

下定決心後，需要的就是執行，那晚你雖然也失眠，卻調整了鬧鐘，早晨跟戀人一起起床，在廚房一起把早餐做好，兩人開心地吃了早餐，他出門後你就開始工作，睡眠雖少，精神卻不錯。持續了兩週，失眠大大改善了。

就這樣，遺失的早餐回來了，無論幾點睡覺，你又回到了溫馨的餐桌前，與他好好一起吃早餐。

當戀人意識到關係出現問題，必須提醒自己或提醒對方，當對方出現抱怨或提醒，不要立刻起防衛心，也不要認為自己被指責而感覺委屈或懊惱，或拚命辯解辯白。你可以換個角度想，有時戀人對關係的抱怨或意見，並不是在責怪你，而是對於關係提出警訊，兩人之中總要有一個人是清醒的，最可怕的是知道問題卻無心或無力去解決，甚至持續漠視，讓問題大到無法挽救。

愛情裡的問題，很多時候也是現實生活的寫照，戀人們不僅要處理愛的問題，也必須回到生活、工作、經濟、健康等面向，一起去檢討與思考，我們出了什麼問題，該如何回應，還有沒有什麼辦法可以一起解決。

然而，當找出問題後，最重要的依然是逐一去面對、解決的過程，有時無法立即改善，有時會感到無力與沮喪，這時候狀況好的一方不妨多給予支持與耐心，而狀況不佳的一方，也要自知有許多事還是必須靠自己一一解決。

看起來你好像是為了配合對方而早起，但實際上你卻也因此從內心大崩潰的狀態找到出路了。調整作息，稿子重寫，你選擇勇敢面對問題，耐心地去寫作，耐心地調整生活，朝向對愛情好的方向，他也感覺到你的用心。當生活、工作、感情、關係出了問題，光是沮喪、懊惱、害怕都沒有用，發現問題並且設法解決，才是有益的，人心看似脆弱，但同時也是強韌的，就看你如何選擇。

你決定選擇一起吃早餐，把生活找回來，回到相愛的作息裡，就好好去執行吧。只要兩個人都有心，可以一起面對各種困難。戀人們互相幫助，可以讓愛好好繼續下去。

and
words

#在愛情傷害與痛苦裡重生

請不要對自己失望，不要放棄愛情，
只要擁有愛人的能力，你就會有愛人的機會，
不但要懷抱希望，還要在這份希望裡好好成長。

年輕的時候，只要投入戀愛，總以為這份愛會持續到永遠，總以為沒有了對方就無法活下去。這些以為都讓我們對愛看不開，只要愛情發生問題，就感覺生不如死，很多人因為感情困擾而心生絕望，很多人因為情變而受到重傷，那些時刻，我們無法料想未來，此刻的痛苦就已經把人困住，完全看不到將來。我們很難想像，這次的戀愛在漫長的一生裡，只是其中一段經歷，如果把眼光投射到遠方，或者如果能從將來搭乘時光機回到過去，面對哭泣、流淚、悲傷絕望的自己，或許會有完全不同的體會。

當然不是說未來一定會比較好，而是，痛苦的現在，不意味著絕望的未來。現在使你痛苦的這個人，無法決定你一生的遭遇，可以決定你的將來的，其實是你自己。

但當你處在被背叛、傷害的痛苦裡，怎麼可能料想到將來；當你年華逐漸老去，怎麼可能想像得到人生有機會越活越美麗；當世人都告訴你，你年紀不小了，擇偶對象只會越來越差，機會越來越少，怎麼可能不焦慮？

但是我見過許多人，在年輕時被愛所傷，差點就活不下去，深陷在失戀的苦痛裡，甚至還要尋求精神科醫師的幫助，但是他們最後都走出了失戀的陰影，找到了自己的事業，甚至也尋覓到可以攜手一生的伴侶。回首年輕時光，他們對我說，幸而當初分手了，才沒有限縮了自己的發展。

與這個人分手，有時是一種歷程，它可能會帶領你通往下一個人、下一個階段，只要你能從這次的傷心裡成長，就可以避免重複的錯誤，若你能從那樣的傷心裡徹悟，或許還可以因此看清自己人生的路。

但要如何能從現在的傷痛走出來，以至於還可以走到將來呢？我想，唯一可以提醒自己的就是，不管是誰，都沒有非得跟誰在一起。兩個人之所以戀愛，是一種奇妙的緣分，現在相愛，不保證永遠相愛，正因為人事無常、愛情無常，我們唯有盡力而已。當你遭遇到愛情的傷害，盡可能地告訴自己，不要躲避痛苦，但也不要放大那份痛苦，這只是生命裡的一次經驗，不能代表我們終生的命運。經歷它，但不讓自己執著或沉溺於它，就像生了一場病，看似致命，其實生與死全憑自己掌握，你可以讓自己活下來。

我自己就是這樣，年輕時談了奮不顧身、轟轟烈烈的戀愛，最後慘痛分手，在美國遇見了自認為可以廝守終身的人，後來發現只是自己一廂情願的幻想。兩年後終於遇見彼此相知相惜，也相互理解的人，卻因為還不夠了解自己，犯了錯誤，依然走上分手一途。之後的幾年，我對愛情、對自己已經失去信心，深信終將孤獨終老，買了間小小的房子，做好了獨居的心理準備。那些獨居的日子，我被悔恨、懊惱折磨著，我不知道為什麼終於找到了彼此相知的人，卻又錯過了。

這些悔恨與懊惱困擾著我，也讓我沒有再如過去那樣，很快地投入新的愛情，漫長的獨居時光，我必須獨自面對自己，再沒有其他地方可以閃躲。

失戀時，我們時常怪罪對方，但有時，很多問題來自於自己。

我是在那些自省中發現自己既渴望愛情，卻也有親密關係障礙，以至於我投入戀愛，卻很難與人維持良好而長久的關係，我一直以為是對象的問題，我以為這世上必然有個「對的人」在等待我，所以一再嘗試、一再尋覓，後來發現，我自己就不是那個「對的人」，這個我，連我自己都不知道如何與之相處。

六年後，我與阿早重逢了，沒有見面的時光裡，我們都沒有忘記對方，再見面時，驚覺彼此的改變，也發現沒有改變的是我們對彼此那份真情，我們終於又走在一起了。

這世上沒有對的人，有的只是各種機緣巧合，以及彼此願意為愛情與關係投注的努力。無論對方多麼符合你的期望，無論一段愛情開始得多麼浪漫，最重要的依然是後續的努力。相愛容易，維持長久的關係卻需要各種落實的能力。

朋友問我，你怎麼知道阿早就是那個人？我想，年輕時的相戀我確實曾經認為他就是那個人，再一次重逢，我認定的卻是這一份愛沒有被時間風化，其中必然有什麼不可抹滅的核心。既然重逢了，這一次就好好修練，不要再逃避。

分開的時光裡，我們各自都有所成長，尤其是我，我在漫長的獨居生活裡把自己的方方面面、裡裡外外都做了徹底的反省，過去的幾段關係，都反映出我內在的問題，要能與別人好好相處，首先要能與自己共處，要能面對自己，並且有能力掌握自己。自己內心的傷，無法靠情人來療癒，過去我太依賴愛情，太容易把戀愛當作改變自己的機會，實際上人唯有自救才能救己。當你更強大、更完整了，才有能力與他人好好地相愛。

但即使如此，真正在一起生活，我們依然經歷了很多磨合問題，或許是因為重逢不易，我們堅持下來了。有人說破鏡難圓，但我認為本就不是同一塊鏡子，無須去圓它，重逢是新的開始，只有帶著全新的心態，才有可能不計前嫌、既往不咎。

後來的我們，有時會談起過去的往事，無論是我自己的遭遇，或者阿早的經歷。某些傷心或悲痛的遭遇，都已經雲淡風清，但我驚訝地想到，在生命最絕望時，我沒有料想到多年後我有機會過著平靜甚至幸福的生活，如果有人告訴我：「你將來會有一個很好的伴侶，你們會創造一份美好長久的愛情生活。」我一定不相信，然而，現在的我想要對正遭遇愛情痛苦的你說，請不要對自己失望，不要放棄愛情，只要擁有愛人的能力，你就會有愛人的機會，不但要懷抱希望，還要在這份希望裡好好成長。

#照照鏡子，你會愛上鏡子裡的自己嗎？

我們往往忙著找愛人，
卻鮮少思考自己有什麼能力去愛，
我們往往挑剔對方不符合標準，
卻極少衡量自己是不是個好情人，
有沒有愛人的能量。

年輕時你總想被愛，幻想愛情該是什麼模樣，想像自己的情人該有什麼條件，你在腦海裡列舉，帥氣，溫柔，高挑，英俊，有才華，擅長運動，最好具有良好的品味，氣質就更重要了。你循著這些條件，感嘆世間好男人難找，偶爾遇上了，若不是已經有伴，就是對你根本沒興趣。你交往了幾個人，起初都好好的，最後才發現都是渣男。

難道自己是渣男吸引機？要怎樣才可以避免遇上渣男？到底什麼條件是最必要的，要設下什麼屏障，才可以把渣男都過濾掉？

你苦苦思想。年近三十，談了幾段戀愛，最初都是兩情相悅，你喜歡被追求的感覺，但你也會留意目標，主動釋出善意。說到底，你是太過注重外表的人，可能這點所害。「誰不喜歡長得好看的人？」你反駁道，長得好看就意味著是渣男嗎？你問。

重點不在於長得好看，而是為何你只想要交往長得好看的人？你說，那是天性吧，人會被美麗的事物吸引。所謂「美麗的事物」放在對人的標準上，該是衡量整體而論，但你卻往往只被愛打扮、注重儀態、長相俊美的人吸引，卻忘了這樣的人，往往也虛榮，注意表面工夫，傾向自戀。你以為的那些「對服裝的品味」「看起來優雅又帥氣」的舉止，很多都是裝扮出來的，真正的美麗，除了外表的穿著打扮、五官身材，應該也要把舉止、品格、思想列入其中。

「我喜歡有個性的人。」你說。這句話非常抽象。但往往所謂的有個性，對你來說正中下懷的，卻幾乎都是叛逆、自我中心、唯我獨尊，你把自我中心跟有個性搞混了，你因為自己個性容易唯唯諾諾，遇到重要的事總決斷不明，就很喜歡那種可以快速下決定，凡事都有主張的人。但真正相處的時候，才逐漸發現，對方非常專斷，自以為是，兩人關係裡他習慣主導，你逐漸發現自己失去選擇權，他也漸漸不再關心你的需要。

所謂的渣男，沒有固定標準，在你來說，就是那種一開始很狂熱，對你非常照顧，到後來變得很輕率，對你愛理不理，最嚴重的是，最後根本就外遇劈腿說謊，甚至人間蒸發。

「為什麼會愛上這樣的人？為什麼每個人到了最後都一樣。」你懷疑地問。

這真的需要好好思考。

「年紀越大，遇到渣男的可能性越高，可以交往的對象越來越少。」你哀嘆地說，「現在不是我挑人，是人家挑我了。」

「無論活到幾歲，都有選擇權。」我說。

戀愛關係，本就是彼此的選擇，遇到什麼人，都可以做決定，要與不要，當朋友或者當戀人，要淺淺地交往，或者更進一步，都是兩個人決定出來的，只是我們的選擇是否能如願而已。不能因為自己年紀大了，就放棄選擇權。

但選擇，不是挑剔，更不是功利導向，要建立一段親密關係，需要更謹慎認真的決定，但首先要避免的，就是把戀人物化。

所謂的物化，指的是你看的只是他的外表、職業、收入、對女朋友大不大方、家世好不好，這些條件論並非不重要，但應該有更為人性且深刻的轉換。比如，兩人衡量家世或出身背景，是為了更進一步了解對方的價值觀，以及他的性格如何形成，這些都與童年、家庭與成長環境有關，但也非絕對相關。我們可以在溝通價值觀時，參考其家庭背景，以方便理解，而非僅看出身背景來論斷一個人。

至於職業與收入，這更是我們理解一個人對生命的選擇最好的入門，但也並非意味著一定要有某種收入與特定的職業，才能與我們交往。

戀人並非為我們量身打造的，也不要帶著一個固定流程去過濾、篩選，把戀愛變成一種公式化的擇偶。

最重要的是，你們是否能夠開放彼此，進一步認識對方，在這個互相認識的過程，用真正的我去交往，逐漸產生深刻的感情，並且做出進一步交往，一起生活或者更長久的承諾。這世間真正能夠打動我們，或者打動對方的，往往都不是一開始時你看到的那些東西。最後導致我們分離的，也往往不是你最初以為的那些問題。

「那到底要選擇什麼樣的對象才不會出錯？」你又問。

「先照鏡子看看自己吧。」我說。「你了解你自己嗎？你知道為什麼你總是被某一類人吸引？你理解你們的關係哪裡出了錯嗎？你知道為什麼你的戀情總是不如意嗎？對方欺騙你，一次兩次，若每次都遇到騙子，自己是否也有容易輕信，或者自欺欺人的傾向？」

照照鏡子，你想要跟你看到的這個人交往嗎？照鏡子，不是要你看自己長得美不美，有什麼條件吸引人？而是，要自省。我們往往忙著找愛人，卻鮮少思考自己有什麼能力去愛，我們往往挑剔對方不符合標準，卻極少衡量自己是不是個好情人，有沒有愛人的能量。

你在戀愛裡是個怎樣的人呢？你認真跟對方相處嗎？你理解他嗎？你為了這份感情投入什麼，付出什麼？你在每一段關係裡學會了什麼？在每一次受創後，有沒有進一步讓這個創痛帶給你成長或歷練。

當你認真審視自己，當你真誠面對自己，你會發現自己原先設定的那些標準與條件，其實不是最重要的，你真正渴望一段關係，你需要愛，是不是因為孤獨？是不是因為你認為沒有戀愛代表失敗？你設想那些條件優秀的男友，是不是因為虛榮感，是不是認為只要有個條件好的人愛你，就代表你一定很棒。當你把越多期待投射在關係裡，就越可能迎來一段錯誤的關係，因為起心動念不單純，就很容易導向歪斜與失落。

與其設下諸多局限，想要過濾渣男，與其設定很多條件，想要網羅好男人，不如先完善自己，讓自己更懂得將來要追求的是一段彼此開放心

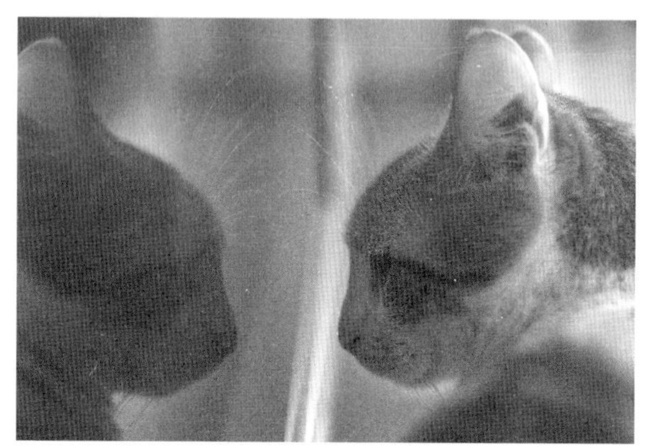

胸、互相理解，且具有成長潛力的關係。因為關係是互動的，你是個越好的情人，就越有能力創造一段美好的關係，在等待的期間，不用刻意尋覓，而是開放心情，努力去愛，不再將人物化，而是認真誠實面對每一個來到你身旁的人。

當你的心是開闊的，當你處在可以付出的狀態，當你是理智清醒且積極主動地想要與人建立關係，當你不依賴、不貪求、不自私虛榮，你將會散發出美好的能量，自動過濾掉動機不良的人，而當有人向你走來，請放掉那些無謂的框架，真誠地與他相遇，你將會發現自己真正所愛的，想愛的，可以與你一起創造未來的人，到底是怎樣的人。與他相遇，不預設立場，一起經歷吧。

#你們有沒有潛力成為一對更好的戀人？

車子，房子，都只是表象，
不是不重要，而是，
房與車象徵的是兩個人一起創造的家，
而非一個空降的幸福。

你說與男友相愛五年，始終無法論及婚嫁，看著身邊好友一個一個結婚生子，即將三十歲的你與剛滿三十二的他，卻遲遲無法確定結婚的事，讓你對未來感到焦慮。「跟他在一起不是不快樂，可是只要想到我們沒有房子，沒有車子，根本無法想像將來一起生養小孩。不能計畫將來的愛情，好像在激情退卻之後，剩下的只有面對現實的難堪。」

過年時父母對你提及結婚一事，他們都知道你與男友交往，但卻還是一直要你去相親，為你介紹合適的結婚對象。「談談戀愛可以，但你能嫁給那樣的人嗎？往後要怎麼辦？」以往他們這麼說，你會嚴詞反駁，可是如今你卻連自己都說服不了。五年來，你自己的工作不上不下，他每天加班，賺的錢卻也還只夠溫飽，兩人每年剩餘的錢，想要存起來卻也不知為何而存，買房嗎？攢個十年頭期款也交不出來，出國去玩嗎？又心疼那麼辛苦賺的錢一下就花掉了。

現實啊，磨損著你們的愛情。

早些時候，你還欣賞著他的才氣，他那種不諳世故的天真。但漸漸地，他身邊的人都升職了，你賺的錢都比他多了。偶爾，你甚至也會羨慕起那些懂得往上爬的人，他的不諳世故逐漸變成一種不切實際，他身上逐漸顯露出一種懷才不遇的委屈，這是最讓你焦慮的，你好怕他變成一個憤世嫉俗的人，你怕他變得虛無，怕他越來越窮酸。

你怕自己將來會後悔。

該怎麼選？愛情還是麵包？你問我。我認為這不是二選一的問題。

當生命陷入瓶頸，愛情也會卡在一個難堪的狀態，關係是互動的結果，你要做的是讓兩個人認真、坦承地把目前的困境攤開來看，你還愛不愛他？你們還可以如何讓關係變得更好？

請不要用一種旁觀的心態看待自己的戀人，他如何從一個保有天真的人，變得酸腐？這過程裡你其實都在場，倘若你仍愛他，仍願意與他一起努力，或許你可以試著扭轉觀點。你們都陷在無法轉變階級的困境裡，但只要兩人同心，至少還能同甘共苦。你也可以問問他如何看待生命與將來，除了一籌莫展，除了悲觀厭世，是否還有為了兩個人的將來一起努力的可能，即使發不了大財，但可以擺脫虛無與厭世的誘惑，你們心中有著寶愛的人，即使生活困頓，但仍對生命懷有熱情，只要還抱著希望，還保有熱情與信心，兩個人可以一起創造很多東西。

談戀愛與結婚都不是上市場買菜，只是挑挑選選，即使你父母將一個各方面條件都很好的人介紹給你，你們也未必可以相愛、進而結婚，結了

婚也未必就承諾幸福。

車子，房子，都只是表象，不是不重要，而是，房與車象徵的是兩個人一起創造的家，而非一個空降的幸福。

回過頭來，要面對的依然是你們的愛情、關係、對人生的看法，以及對將來的共識。當你把問題簡單化，回到最根本的核心，你們是否依然相愛，是否在重大的事件上價值相近，你們是否可以一起共創未來，是否願意一起面對生命的難題，你們是否願意共患難，把現在的困頓看成階段性的挑戰，不分彼此，一起面對。

重新審視他，也重新審視關係以及自己，你是個怎樣的人，為何會愛上他，他是怎樣的人，除了世俗對成功的定義，他還保有什麼吸引你的特質，有什麼被扭曲的地方，是誤解、錯看，還是他真的已經被挫折打擊得變形？還有沒有機會挽救？

當然，你也要重新審視自己，無論幾歲，我們都不是商品，不是過了賞味期就會減價的貨物，人的價值應該是自己創造出來的，而非被社會的框架定義，你或許會說我是唱高調，然而，有許多高成就的人並沒有得到幸福的婚姻與愛情，因為愛恰恰是金錢無法買到的，唯有真心可以換取。

你想著你們一起租的一房一廳小房子，想著屋裡每一個小布置，有著你們一起去日本買的手工藝品，有一起去泰國買的民俗雕刻，有你們背包走西藏時拍下的許多照片。你們確實一直還沒去過歐洲，但是許多次背包旅行時，他認真規畫、細心安排，與他一起遊玩時，雖然吃得簡單、住得平凡，但透過他的眼睛看到的世界，即使最簡陋的地方也顯現出光采。你又重新翻看他幫你拍的照片，鏡頭底下的你不是最美，但卻散發著燦爛的笑容，是啊，他曾經為你拍下好多照片，他可以捕捉到你最好看的樣子。

你回想他在職場上的挫折，很多時候你並沒有仔細聆聽，以往可以為他一起出謀劃策的你，不知何時起，也變得像他的老闆一樣，不停地挑剔。因為當你用擇偶的標準來看待他時，他所有優點都變成了缺點，你愛他這個人，但你害怕他無法給予你想要的幸福。

但幸福到底是什麼？可以給予你想要的幸福的人到底是怎樣的？那是可以量身打造的嗎？

請翻開你們所有的照片、信件、對話，重新把故事走一遍，我不是要你一定得選擇他，而是要你梳理自己混亂的心，重新把眼光校對好。三十歲的你，嚮往著什麼，追求什麼？哪些是你真心想要，哪些是父母與社會附加給你的？什麼是你能得到的，什麼不是？與其專注評估眼前的條件，不妨也加入所謂的潛力。相愛是一種潛力，才華是一種潛力，願意一起努力是一種潛力，可以一起克服困難也是一種潛力。

你們有沒有潛力成為一對更好的戀人？你們有沒有潛力在彼此的幫助之下共同創造一個家？並且願意為這個家而付出？

靜問自己，也努力與他溝通，我想答案會在眼前的。

#為何你能愛著我也愛著她？

你捧起自己的心，
不是為了凝視傷痕，而是想要鼓勵自己，
絕對不要踐踏曾經愛過的事實，也不要自欺欺人，
你還是要做那個心境澄明的人。

自從發現男友外遇，你已經無法分辨痛苦從何而來，欺騙？背叛？忌妒？羞辱？懷疑？害怕被取代？甚至已經感受到瓜分？太多感受同時存在，而更多感受是「消逝」。曾經有過的美好在消融，某些確定的記憶在崩解，你與他之間的故事版本被改變了，曾經你非常確定的信念無法再確信了。你愛的人同時愛上了其他人，這樣一個簡單的事實，卻帶來難以想像的複雜變化。

你還愛我嗎？他說愛，可是你也愛她？他說那是不一樣的愛，那甚至不算是愛。那是什麼呢？你問他，他說不上來，如果不是愛，為何你一再去見她？為何你明知道這樣會傷害我，你還是繼續去見她？他哭喪著臉，說不出來。「我不是故意要傷害你，也不是故意欺騙你，但那個時候我沒有能力拒絕，那是那時候我想要的東西，可是如果去要了，就會傷害你，這件事把我困住了。」他說。語氣裡的困惑彷彿那是個天大的難題。

是因為我不夠好嗎？只有我你就是滿足不了？你彷彿要毀滅什麼似的，盡把自己往壞的地方想。你想問他，她很美麗嗎？她很年輕嗎？她有我無法給予你的東西，所以你往她那兒去了嗎？

你問他：「你們交往多久了？什麼時候發生的？」他每次的回答都不一樣，「你為何要知道細節，知道越多傷害越深。」他說，更改說詞許多次之後，他拒絕吐露更多細節，但你大概可以推算出，是從那次他到外地出差開始，半年再多一點。於是，你失落了大半年的時光，你回想起那半年裡你們的相處，那些你以為再熟悉不過的畫面，睡前的親吻，各自在電腦或手機前的時光，那些你在他身旁安適地看書，而他手指撫過你的頭髮，一手滑著手機的時刻，你感到不寒而慄，那些你好安心的畫面裡，他可能都正在跟她傳訊息，用文字打情罵俏，那些你已經安睡，而你以為他正忙於公事的時間，他可能躲在浴室裡打電話，更別提那些他口中的出差、加班、同事聚餐，可能都是去見她。

為什麼呢？為什麼他能夠神色自若地說謊？為什麼你沒有察覺？

他道歉，他自責，你們擁抱著哭泣，你用力捶打他，問他要選擇誰？

他說，我需要時間想一想。

你只是一直流淚，到底要怎麼從這樣的傷害裡走出來？你一點辦法也沒有。

「當我發現我為她心動的時候，我好想對你坦白，我好想向你求助，我想對你說，我正要犯錯了，快阻止我，可是我不能，因為我一旦開口，那傷害瞬間就造成了，彷彿我只要動了那個念頭就是不忠，老天爺，我怎麼能夠向你求助？然而不向你求助，我又還能對誰坦承？」他哭著這麼說，你憤怒又傷心，「為什麼那時你不說，你怎麼知道我承受不了？就算承受不了，我也想要去承受，戀人之間一旦開始了欺騙就會不斷欺騙下去的，一旦有了裂縫，不去縫補，就會無止盡地裂開，你知道嗎？」你哭喊著，事實已經造成了，該怎麼辦？更糟的是，即使他愛上了別人，即使發生過那些使你傷心的事，但你還是愛著他，愛不是這樣就會被消滅的東西，愛甚至不是會被瓜分的，愛無法用數量來計算，不會因為這中間他已經見了她多少次，就磨損多少。你驚駭地想到這些事實，你無法完全否定在這半年中你們之間的相處還是快樂的，一個人可能同時愛著兩個人嗎？你沒有這種經驗，可是你愛的人正在經歷。

「給我時間，我會處理。」他說，「我不想繼續欺騙你，所以我無法確定地說，我再也不會見她。我想要釐清我自己心中產生了什麼變化，我需要一些時間。」他說。

你設法讓自己鎮定下來，突然感覺到你們正處於狂風暴雨中，你若還要用憤怒、悲傷、仇恨去搖晃，你們的關係就會支離破碎，也會把你一起拖垮。你想著交往五年的感情，是不是值得再多花一段時間去衡量，你有沒有能力給予他時間去「想一想」。

這些都是好難的問題，當你的眼淚流乾，顫抖的手稍微穩定了，你想起人們墜入情網的時刻，絲毫沒有顧慮到任何人任何事，會不會他們倆彼此心動的時候，也就是那樣毫無顧慮，即使明知道他是有伴的人。

錯誤的不是愛，而是選擇用錯誤的方式去對待。

別人可以錯誤地對待你，但你能否正確地對待自己？

這樣的時刻，像一池混水，不要再用自尊、高傲、自卑，或不安全感去攪混。你們的關係出問題了，接下來該做的是，如何止痛療傷，停止傷害，絕對不是更用力地讓幻覺、錯覺以及妄想再一次傷害你們，那是發生在別人身上的感情，不要把它變成刀刃拿來割傷自己。

這世上有很多種人，有些人心境澄明，有些人連自己都了解不清。有些人一旦愛了就很難更動，有些人一日數變，心裡的欲望難以填補。有些人天性忠誠，有些人風流成性。有些人單純，有些人複雜。你靜靜地想著，曾經有過的美好時光，你想到他的浪漫，他的衝動，你想到那些特質也有不屬於你的時刻，人是多麼複雜的存在，能夠肯定的或許只有當下的真心，你無法確定他在與其他人親密的時候是否有想到你，你苦笑地想著，最好不要想到我。

或許再親愛的人，心裡也有你進不去的角落，也有不屬於你的面向，你很確定你們相愛過，中間出了什麼差錯，你現在還沒弄清楚，你只是好想要把那些美好的部分留下來，讓自己還有勇氣去愛，去信任，去想著過去五年沒有白費，這些都取決於你一念之間。不要清洗記憶，不要抹煞一切，不要因為忌妒、痛心、悔恨，就把過往全部取消，出問題了，就去面對問題。

你在強烈的憤怒悲傷中慢慢安靜下來，你想起自己身上一定有屬於你最重要的特質，你想起月光，想起大海，想起這世上你喜愛的事物，那些都還依然存在著，你的世界沒有毀滅，我們的存在不是靠著別人來衡量的，他犯下的錯誤，不用你去承擔。你要承擔的，只是好好處理你們之間的關係，謊言被捅破了，可否勇敢一起承擔破滅的關係，下一步該怎麼走，兩個人靠著善意一起去決定。

我知道我們相愛過，接下來你要選擇誰？我會做什麼選擇？是否還有機會？該如何修補關係？如若分開，要怎樣善後？

你捧起自己的心，不是為了凝視傷痕，而是想要鼓勵自己，絕對不要踐踏曾經愛過的事實，也不要自欺欺人，你還是要做那個心境澄明的人，只願你可以更勇敢、更堅定、更堅強一點，善始善終，幫助自己走出這次的風暴，保護自己的心不受摧毀。

198

不是所有親密關係
都叫做　愛情

#當愛情走向墳墓

無論要或不要，無論如何選擇，
都是帶著愛的心意，
兩人平靜地，自願地，像最初墜入情網那樣真心地，
決定下個階段該如何，達成共識。

你是在哪一刻發現自己戀愛了？戀愛，墜入情網，感覺到心被某個人緊緊抓住，眼神不由自主跟著他轉。

有人說，愛上一個人的理由可以有很多很多，不愛的理由卻只需要一個。

許多人為自己設下諸多標準，為未來的另一半構畫許多條件，但結果

真正戀愛時才發現那個人跟想像中完全不一樣。不需要符合計畫，也不需要構成的條件，你只是單純地戀愛了。與一個人感受到同樣的脈動，同樣地為彼此傾心，並且在同一個時間，確認了相愛，並願意繼續交往。

好難啊，要愛上一個也正好愛著你的人，並且這個人正好單身，也願意進入關係裡，彼此喜歡，也願意變成戀人。

所以，光是感覺自己戀愛了，還無法談戀愛，必須要那個人也愛你，也可以成為你的戀人才行。

戀愛最初來到的時候，這兩個人彼此心心相映，彷彿彼此有感應，他們沉醉在一種純然的相知中，彷彿世界為他們打開了一道可以互相理解的窗，他們能夠輕易地察覺自己愛著，並且被愛，他們可以清楚感受到，在那彼此相擁、親吻、親密的狀態裡，兩人是如此地水乳交融、渾然一體，即使相識不深，你們也能理解對方。

所以才叫做戀愛，既有戀，又有愛，那是兩人在一種愛的狀態中彼此傾心、彼此約定、彼此願意對對方打開心靈，接納對方的時刻。

我們要知道愛情是如何開始的，戀愛是如何來臨，也才會知道愛情何時到達盡頭，什麼是愛情的墳墓。

有人說是同居，有人說是婚姻，有人說是外遇，有人說，如果不是喜新厭舊，就是日久生厭。

但我覺得，真正使愛情走到盡頭的，是對愛情的不再珍惜。

當戀人開始數落對方的不是，當你眼中看到的只有自己的付出，當你想到彼此的關係只有數不盡的哀怨，那必然就是從戀愛通向了愛情的盡頭，兩人拚了命開始打造愛情的墳墓。

為什麼呢？

並不是因為愛情久了必然會落入俗套，而是因為戀愛只是給了我們打開彼此心靈的鑰匙，但秘密的盒子打開了，會看到什麼內容卻無法得知。我們以戀人歡喜的心去迎接兩人一起創造的愛情，卻不知道那其中凶險多過於甜蜜，因為埋藏在我們心中的事，傷害多過於快樂。幾乎每個人都在成長的過程裡受到過各式各樣的創傷，被各種人事物扭曲、挫折、屈辱過，而那些受了傷的結晶物，都堆積在那個名為「自我」的秘密盒子裡。這個自我，只有在很少數的時刻會被打開，比如投入創造時，或者身處熱戀中，因為這兩種狀態都使我們忘卻自我，使我們忘了要自我保護，使我們想要坦承、想要剖白、想要傾訴。

但人們是那樣健忘，那麼粗心，以為陷入熱戀時的那種心心相映可以持續到永久，卻不知道，當自我醒來時，首先喚醒它的，大多是不愉快，甚至是已經忘卻了的痛苦。自卑、忌妒、恐懼、不安、占有、計較，這些才是自我的另一張臉。當你在戀愛裡看見或展現了這張臉，愛情就會開始進入較為艱難的階段。

對，那只是階段，許多人不知道那是愛情必然要經歷的階段，是兩個願意相守的人必須面對的考驗，誤以為那是愛情崩壞的開始。

既然是考驗，就需要用面對考驗的方式來處理，這也就意味著，不是愛不愛的問題，而是個人，或者說陷入戀情的人恆常會出現的問題，需要的不是立即質問「你如果愛我就不會怎樣怎樣」，也不會立即推導出「你會這樣，一定表示你的愛不夠純粹」。因為當戀人呈現出他更為人性、更不為人知的那一面時，也是考驗我們面對挫折與不滿時，是否能做出正確的回應。

戀人是一面鏡子，他映照出我們自己最鮮為人知的一面，也讓我們看到對方不為人所熟識的那個面向。

但那還是愛情。

那份在意，那種不安，那甚至伴隨著某種不確定、不安心，甚至不太喜歡的感覺，看到對方的各種缺點，看到自己在面對他人缺點時的回應，經常都令人感到不舒適，感到跟愛情那麼美好的事物不相關，於是我們誤以為已經走入歧途，踏上愛情的盡頭。有些急功好利的人，為求速達，乾脆宣判此人為不適任的戀人，直接將這份感情送進墳墓。

然而實情是，愛情的路表面上看起來都是一樣的，是兩個不熟悉的人因著某份真情相約同行，一起走進了未知的道路，途中會遭遇什麼困難，面對什麼妖魔鬼怪，不可得知。可以一起走完全程，或者至少還走在一起的人，往往是那些知道此路不好走，所以必須攜手同行的人。而把愛情看作是幸福的花園，或者救贖的到來，往往才是葬送愛情的原因。

於是，從「我戀愛了」，到發現「他有些地方我不太喜歡」，或者開始經歷「為什麼我們相處起來怪怪的」，「為什麼最初那些美好的東西一件一件消失了」。

這些警訊，其實是在提醒這兩位相愛的人，認知到最初那種心電感應已經不夠用了，這時你需要的是更深入地了解眼前這個人為什麼表現出你不喜歡的樣子，是你識人不明？或者那就是每個人都會有的缺點？因為優點與缺點經常相伴而生，你要衡量輕重以及自己能否接受與包容，或者那就是你真的無法接受的價值或行為，那麼接下來該怎麼辦。

有一種方法不會把彼此推向愛情的墳墓，那就是兩個人坐下來好好談談，或許結局是彼此都像夢醒了一樣，感覺或許還是不要當戀人吧，或者是兩人深談後，苦笑著知道彼此都不完美，那是不是還要試試看呢？還有沒有其他方式，能讓這段愛繼續。

無論要或不要，無論如何選擇，都是帶著愛的心意，兩人平靜地，自願地，像最初墜入情網那樣真心地，決定下個階段該如何，達成共識。因為即使分手，也可以是帶著愛意的，我們不是非得要弄到你死我活，才可以結束一段關係。

為什麼……
可以毫無道理喜歡待在一個人身邊

輯三

申論題：愛有　千百種樣貌，　而我　試著遇見

此後就是屬於我們的故事了

她與他相識於一場婚禮，他是女方的朋友，她是男方的表妹，兩人同桌相鄰，都是單獨前來。

婚禮辦在一家婚宴廣場，儀式華麗而浪漫，過程有笑有淚，師長致詞的段落有些冗長，賓客們肚子都餓了，他聽見她肚子發出咕嚕的聲響，不禁笑了一下，像是怕她尷尬似的，輕聲說：「我肚子好餓。」她才安心地說：「早就餓壞了。」他偷偷遞了一塊巧克力給她，她在桌底下剝開來，快速塞進嘴裡吃了。

氣氛最熱烈的時候，她眼眶蓄淚，想起了自己過往不如意的戀情，終於哭了。她為滑落的淚感到害羞，他遞了一塊手帕過來。她心想，這年頭還有用手帕的男人？真稀罕。用完就放進皮包裡，想說洗乾淨再還給他。

用餐的時間，兩人簡短交談，男孩在一家科技公司上班，女生是廣告公司的文案，今年都剛滿三十。

兩人都單身。

頗有種可以一直聊下去的感覺，但又顧忌到畢竟是在婚禮上，交談過深好像有急著交友的傾向，有趣的是，兩個怕生的人，竟然在婚禮上互換了交友軟體帳號。

他們進展得很慢，網路上先聊了幾天，然後講電話，後來男生先約了見面，女生說好，約去看電影，溫馨文藝片，看完電影，在公園散步。

「後來才知道座位是他們刻意安排的。新郎新娘，有意要讓我們認識。」男生大方地說，他發現在這個女孩面前，可以不那麼緊張。

「難怪那天敬酒的時候新娘一直看著我微笑。」女生說，「你確實是我會喜歡的類型。」她為自己的敢言覺得驚奇，但想想也沒有什麼，如果這是刻意的安排，順從天意也沒什麼不好。

不愧是可以順利走進婚禮的人刻意的選擇，兩人從初見的時候就感覺到各方面的合拍，像是什麼地方都被調整過了似的，只要在一起就可以無止盡地談話，走路的速度一致，喜歡看的電影也類似，兩個人都愛喝咖啡，喜歡看小說，談起看電影的話題可以聊上一整天。男生是喜歡讀書的科技男，女生是愛走路的小資女，簡直集各種不可能於一身。

接下來該怎麼辦呢？旁人可以安排相識，卻無法幫助他們相戀，這兩個人相見恨晚，卻有相同的問題，兩人都剛經歷一場痛苦的失戀，對於再度戀愛感到遲疑。

「我們走慢一點。」女孩說，男孩放慢了腳步，「不管哪一方面都慢慢來。」女孩又說，男孩剛想要握住她的手，於是遲疑了一下，女孩說完話，卻自己去勾住男孩的手腕了，手挽著手，卻沒有互相碰觸，算是一種安全距離。

那天之後，他們每週見面三次。沒見面的日子，女孩寫很多信，男孩認真讀信，認真回覆，女孩在信件裡提起了上一段戀情，對方任性地離去，幾乎不給她任何說明與解釋，三年戀情，因為一個小衝突就結束了，女孩一直納悶著，各種可能的原因在心裡想了又想，男孩仔細思索，「或許，不能繼續的戀情，都有著致命的缺陷。不該勉強。」男孩說。

「要怎麼樣才會知道有沒有致命的缺陷？」女孩問。她或許是怕了，最初的戀情，誰不是跟誰有說不完的話題，走不完的長街。

「認識你的時候，我就告訴自己，某些傷心，或許預言著另一段快樂的開始。」男孩說。「婚禮那天我看見你，想著，如果我淚眼迷濛，怎麼可能會看到這樣美麗的人。」

女孩笑了。那時他們站在女孩住家的樓下，女孩仰頭望著男孩，男孩低下頭吻了她。

「或許，勇敢一點才是藥方。」漫長的親吻過後，女孩這麼對他說。

他們相約三天後再見面。

女孩把屋裡前任男友的物品全部清空，大哭了一場，感覺所有疑惑與困擾都得到了解答，有時該問的不是為什麼不愛我？而是你做了選擇，我也可以做出選擇，並不是被放棄的人就意味著不能得到幸福。

男孩跑去前女友的住處，索回了他家的鑰匙，前女友一向任性，即使已經有了新歡，還要他一直苦苦守候，幾度分合，他終於有能力宣告終止。

那是他們相識後第四十五天，女孩打掃了屋子，做了晚餐，男孩帶了他最愛聽的CD，以及女孩提及的幾本書。

漫長的夜晚他們吃飯、聽音樂、相擁、親吻，在哭泣與歡笑間，以一種情人的方式切切實實地相互認識了。

第二天早晨，睜開眼睛看到對方的時候，陽光是那麼真實地灑落屋宇，世界彷彿初開，兩個人都是全新的人。

「之前我們也不過才三十歲而已，卻好像已經很蒼老了。」女孩說。「人生裡，誰不會遇到幾個讓你傷心的人。誰又能肯定地說，被傷過一次的心，不能重新癒合？」女孩摀著胸口，男孩伸手去揭，「這裡曾經有一顆破碎的心，你看，可是它還在結實地跳動。」男孩把頭放在女孩的胸口，激烈的心跳聲，讓他感到吃驚。某種似曾相識的感覺，讓他驚慌。

「我曾經有一副鑰匙在她手裡，我以為永遠拿不回來。」男孩說，「我以為我不可能離開，那個不夠愛我的人。」

「想到自己終於可以走出被拋棄的陰影，真的很快樂。」女孩說。

「是因為我們陷入戀愛了嗎？」男孩問。

女孩拿起男孩的手，緊緊握在手心裡，她想這時候最好什麼都不要說，感覺到愛的時刻是那麼珍貴，那麼需要小心呵護啊。

「是因為我正在愛，而且我不害怕的緣故。」男孩說。

「是因為要讓一份愛真的開始，你得收拾起那些傷心的碎片，清空記憶，你得走出自責、遺憾、內疚與困惑，讓自己重來。」男孩說。

「我們總是可以放下一切，重新去愛。」女孩說。

沒有誰是不值得去愛的，沒有誰是不值得被愛的。

他們臉貼著臉，像是在聆聽一種極其遙遠的聲音，而且萬分確定，那就是彼此的心跳，以及呼吸。

此後就是屬於我們的故事了。

你已經那麼好了

你說，人生三十載，感覺歷盡了滄桑。你是在最絕望的時候遇見他。奇妙的他。

最初你只是他的客人，大賣場地下室一個轉角的「百元理髮店」，只是圖個方便便宜，那時你與前任一起去剪髮，面容秀氣的男子，動作俐落，語氣柔和，他很快為你跟前任剪了頭髮，工作完畢，三人愉快地閒談。

第一印象是他很靜，三人談話裡他說得少聽得多，一雙眼睛深深地望著你時，會讓人忍不住想別開眼睛。

那時你與前任分分合合好些年了，在一起痛苦，分開也是。你的前任，飛揚跋扈，才氣縱橫，說理論才你都比不過他，可是他愛你，始終與你在一起，苦樂與共。但那份愛太重了，你也說不清原因，在他身旁，自己就是那個比較糟糕的人，那些奇怪的摩擦，不是來自於感情，而是根生於頭腦。你喜歡那些針鋒相對、靈魂迸發的時刻，但在生活上你又感覺到壓迫，跟一個才子在一起，你免不了成為了那個男人背後的女人。

你們後來分開，是真的已經走到盡頭了，再下去，連最後一點愛都要被磨損。彼此擁抱，親吻，認真地相約要鬆開手，給對方自由。

後來你再去理髮店，成了一個單身女子。

你不再是誰的女友之後，好像才長出了一對新的眼睛。你看那個年輕男子為人剪髮的樣子，他的手勢、動作，以及最後快速又細心地吸塵、掃地，很快將小小的店鋪整理乾淨，微笑著為下一個客人繫上圍巾，他展開剪刀的姿勢，是那麼有自信。對，你是被那一份自在與自信吸引了，從來也沒想過那麼簡單的動作，那麼僻靜的一家小店，也可以為人帶來滿足。

你們很自然地交談，很愉快地相約，去喝咖啡，去逛公園，去吃小吃，一次一次約會裡，你再再地為他可以擁有那麼一份微小的幸福感到吃驚。比如看一場二輪電影，吃熱燙燙的拉麵，在深夜的公園裡散步，一週只休息一天的他，充分享受那一天的假期。

他說要讀你的詩，你感到羞怯，但依然為他朗讀，在那張公園的長凳上，你讀著十五歲某一次逃家，在朋友宿舍裡寫的詩。他聽完，環抱著你，輕吻你的額頭，說：「你的詩是那麼美麗。」你又讀了二十五歲，某次失戀失業，在黑暗的大街上漫無目的地狂走，你在頸子刺下第一個刺青，是一個箭頭，指向黑暗，你寫了詩。

前任總是說，你還可以更好。而男子說，你已經那麼好了。

你想起年輕時父親的嚴厲，母親的軟弱。你想起高中時的暴肥，臉上狂炸的青春痘，想起學校男孩刻薄的玩笑，醜女，醜女，痘痘人。

你想起地獄般無止盡的減肥，永遠不夠美，不夠光滑，不夠纖細的自己。男子輕撫你的頸子，他說，第一次見你，就覺得無論長髮短髮都適合你，因為你的頸子是那麼地美麗啊。

「你已經那麼好了。」這是一句非常簡單的話，就像一百元理髮，沒有任何噱頭與花招，刀法見真章。剛開始你就驚訝於這所謂的便宜理髮其中的不平凡，你曾問他為何不去美容院或美髮沙龍工作，當個設計師，帥帥酷酷的。

他笑說，自己的店自己掌握，一天三十個客人，店租不高，不用賣產品，不須拉客人做業績，靠手藝掙錢，簡單乾脆，他的客人黏著度很高，都覺得物超所值。「我知道我手藝好，客人覺得滿意，這樣就夠了。」除了剪髮，他也做五百元染髮，熟客都離不開他。

你也漸漸離不開他了。

你喜歡那些家常的對話，你喜歡他毫無道理可以愛你，就像毫無道理可以喜歡夕陽、落日、珍珠奶茶，以及滷肉便當。

你開始練習喜歡自己，每天一點點，毫無道理，不需要辯論，你可以喜歡你自己，就像你喜歡他。他有才，卻不是大才，這份才能讓他可溫飽，讓他有能力愛人，讓他感覺有用，這份才能扎扎實實，每天進出的客人，剪刀下落下的髮量，每一個謝謝光臨的喊聲，真實的進帳。夜裡你去陪他收店，他總會把刀具清潔好，恭恭敬敬收進袋子裡，然後拉下鐵門，一起去吃遲來的晚餐。

「為什麼喜歡我？」你問。他笑說，愛人不需要理由。

你經痛時，渾身顫抖，額頭出冷汗，他為你裝熱水袋，泡紅糖薑茶，你窩在沙發上，看他揮動剪刀為人剪髮，他透過鏡子偷望你，對你點點頭，暗示你多休息。你在沙發上睡著，心裡是那麼安靜，為什麼我們兩個在一起就不會爭吵？為什麼可以毫無道理喜歡待在一個人身旁，腦子裡不需要大聲辯論。你的詩到底寫得多好？你能不能靠著寫詩活下去？這些問題在那個小沙發裡並不重要，重要的是，你沒有吃安眠藥，一路睡了三小時。重要的是，你不再需要抓破頭皮，想不通誰對誰錯，想不通自己到底還要怎樣，才可以變得更好。

他說，我們在一起吧。

你笑說，已經在一起了啊。

他說，這世上有不需要理由也想保護，沒有力量也想守護的人。

你知道這是電視劇裡的臺詞，你為他毫無怯意的引用感到開心。

「我談過那麼多戀愛，每一次都失敗。」你哭著說。

「那麼為什麼不能再試一次？」他說，他將你摟在懷裡，你想起自己還大他兩歲。

沒有人允諾你花園與天堂，你只是單純地想著，他擘畫的風景中，在一個小巷子底，他將會租下一個店面，前面的空間當工作室，後面一房一廳一個廚房，他在前面剪髮，你在後面的房間裡寫作，他揮動著剪刀，你敲打著鍵盤，不會很富裕，也不會太匱乏，剛剛好的收入，可以吃穿溫飽。

一種微小卻罕見的幸福，他說，要不要一起試試看？

你像想起了很久很久以前的某件往事那樣，用力點點頭。重點是，可以一起試試看，沒有道理不去嘗試。

不是所有親密關係
都叫做　愛情

從未發生過的，最美麗的愛

聽說他搬回了小鎮，至今未婚，在中學裡教書，想到你們二十多年未見，你的孩子竟要上中學了呢。

初見時，你好年輕，高中時代，梳兩隻小辮子，穿上人人稱羨的制服，每天早晨在公車站牌等車，三〇二號公車，半小時一班。早晨的車站，十幾個各校學生等候，其中一個是你同學小梅，若不是小梅提醒，你大概不會知道他是有意在等你。

最初你以為是巧合，他也在公車站牌，穿著另一所知名男校的卡其制服，高高瘦瘦的他，一張蒼白臉蛋，深長的眼睛，薄薄的嘴唇，不算是英俊，但可稱得上英挺。你幾乎總是準時到車站，準時上車，而他永遠比你早到，晚上車，你總是在溫習書本，背誦英語，雖也瞥見他，沒留神他的動向，倒不是因為矜持，那時的你，還不懂得男女情愛。

到了二年級，你漸漸感覺到了那份盼望的眼神，可他也只是等著，望著，守候著，從沒過來搭訕。

你加入了校刊社，與其他學校合辦活動，才知道他是男校校刊的社長，這下總算相識了。

那時你已經懂得自己美麗，觸動人心，時常在下課途中，被陌生男子要電話，會在商店裡，被男孩傳情書，你時常瞥見各種熱望的目光，聽見因你的到來而喧騰的噪音。

父親是小城裡知名的美男子畫家，母親早年在美容院工作，也是美人，他們結婚後，父親依舊浪蕩，母親時常在夜裡帶著你挨家挨戶酒樓裡尋找父親。童年記憶太深了，你渴望一個像父親一樣英俊、聰慧、有才的男子，又害怕愛情的到來，彷彿那會是痛苦的開始。母親耳提面命：「不要跟英俊的男子交往。」「搞藝術的也不行。」你並非刻意朝著母親或父親指示的方向行走，反而是因為太過恐懼，你錯過了很多。

像你這樣美麗的女子，收過各式各樣美好的情書，但最美的依舊是他寫的信。

他那些信件，以極工整的小楷寫在宣紙上，彷彿宣示他堅定的決心，信件有時太難，複雜的比喻，艱澀的用字，連你都不能理解，那似乎不是寫給你的信，而是要對你展示，他因為愛你所看見的這個世界，多麼繁複奧麗。

人們都說他是才子，恃才傲物，人們都描述著他的狂狷、不羈，而你看見的卻是羞怯、謹慎。

你們各自上了不同城市的大學，早已不是搭公車的年齡，他已無處可以等候，只有繼續寄來的書信，永遠是他寫你讀，你從不回覆，每週一信，維持了整整四年。

那些信件裡，從來沒有提及，要與你交往，要私下見面，要如何如何，你有時讀著信會笑起來，如果是我會這麼寫：「你是我見過最美麗的人，我想要跟你交往。」你有著被萬千目光寵愛過的驕傲，卻涉世未深，不懂他那邊的拘謹。逐漸，你越來越覺得這是一件不可能的事，你在那些動輒千字的文章裡讀到的才情，你在他那種無堅不摧的意志裡看到的是他已將你浪漫化成人生的目標，你開始感到擔憂，倘若他真的前來尋你，探問你，你該如何回覆。你怕讓他失望，你所能想到的只有拒絕。

你終於初識戀愛滋味，對象也是你們小鎮裡的男子，跟他同一個高中，比他讀更好的大學。過程非常爽快，真的就是在回鄉的火車上偶遇，男子過來搭訕，相約，幾次見面他就大膽拉你的手，在夜歸的路上吻你。男子也是好看的，家世好，優秀，大膽，好像天地間沒有他不能做到、不能得到的人事物，你們的戀愛開始得風風火火，人們都說是佳偶天成，但僅一年而已，男子與你的閨密外遇，撕碎了你的心。

後來你總是說，那時我也沒有多愛他。

傷心的夜裡你時常撕信，撕的是那個男孩的信，好像你會受到這種愛情的苦果，是因為他一直不積極的緣故，可你再重讀那些信，才發現，傲慢或膽怯的人其實是你，你早已錯過了回信的時間點，又在錯誤的時刻談

輯三
申論題：愛有　千百種樣貌，而我　試著遇見

了一場魯莽的愛情。

有一日，你突然在小鎮的咖啡店裡與他偶遇。他似乎更瘦了，你剛剛大學畢業，在準備考研，他不知道前途如何，經過愛情摧折的你，輕易地能夠對他開口了。

你們在咖啡店小聊，才得知他因為家變中途休學，還得再回學校去，你們像是落難的人，在咖啡店裡相互問候。他也知道你戀愛曲折，卻似乎不以為意。

「我會一直等你。」末了，他只說了這一句。沒頭沒尾，沒有任何行動，只是一個宣示。

你鼓起勇氣前往他在外地租的宿舍，整齊劃一的書架滿滿的書，自己打磨豆子、煮咖啡，他的書桌上總有兩個咖啡杯，他笑說：「這個杯子等了你四年，將來更不能取下了。」

那時你才真切地感到你們之間的不可能，他彷彿活在一個夢想裡，人生最美好的時刻就是此時此地，你在他眼前，他為你展示他所有的努力，而你們之間只是喝一杯咖啡。他抽了兩根紙菸，你甚至還挑逗地取過他的香菸，抽了一口再還給他，而他什麼動作也沒有。

那天或許也是你最美的時候了，下樓時，你經過樓梯間的一面鏡子，瞥見自己，長髮如瀑，雙眼含笑，你感覺到他像對待女神那樣看待你，你想到他會把那個杯子供奉著，甚至會收藏你抽過的菸頭，收起你坐過的座椅。你驚訝於這世間竟有人如此對待你，但你們之間，將什麼也不會發生。

後來你嫁給了第一個對你求婚的人，過上了一份物質富裕，起初不順遂，但後來逐漸康樂起來的生活，你變成了一個豐滿的富太太，有兩個兒女，你再也不是雙腿如鹿的精靈女孩，你變得很平凡。

聽說他終身未婚，但你已經釋懷，那一件愛情，或許從頭到尾與你無關，你曾氣惱他怯懦，但或許最美好的，是不曾發生過的那一件。最美的，或許就是那份，被漫長期盼暈糊了眼睛，所以看不清楚，也無力使其成真的，誰也不知道如何描述的一份愛。

相遇只為陪你走一段

她與男友合開一家工作室，後來男友與工作室的會計外遇，她憤然離職，也搬出與男友合租的房子，突然面臨失業、失戀，以及沒有地方住的窘境。她先借住好友家，屋子狹小，她借居客廳沙發，感覺自己給朋友添了麻煩，趕緊找房子，與前男友有債務關係，也無力去索討，五年青春，竟換來一場空。剛開始她會在夜間哭泣，必須喝酒才能入睡，最初她晝伏夜出，晨昏顛倒，生活沒有任何秩序，好像日子裡只剩下哭泣、吃東西、喝酒，後來都覺得自己成了廢人，她開始逼自己去公園跑步。

早晨的公園裡，有各種各樣的運動人士，像她這種孤獨的跑者也很多，她讀書時是學校田徑隊，擅長跑步，畢業後早就荒廢了。開始跑起來，是好友送她一雙愛迪達球鞋，「跑起來吧，什麼煩惱都會拋在腦後的。」好友的卡片上那樣寫著，那是她二十九歲生日禮物。

最初幾天，跑不到三公里，回家雙腿就廢了。休息了幾日再出發，還是跑兩天就得躺兩天。後來她發現不能停，每天從一公里兩公里慢慢增加，跑到五公里就停止，不管多累，都去跑，沿著公園外緣跑一圈就是一公里，當她雙腳舞動起來，確實感受到身體多年來累積的辛苦、傷害、壓力、疼痛、委屈，都隨著身上飆出的汗水滑落，沿著髮梢甩出，飄散在空氣裡。那不能說是很愉快的過程，飽含著肉體上的疼痛以及精神上的疲憊，但是只要堅持跑下去，有一個時間點，會感覺到超越，超越肉體的局限，以及超越自己對自己的想像。就五公里，她給自己的期待，每天五公里的人生，跑完回家洗個澡，她慢慢把自己重建起來，開始找工作。

她很快就找到新的工作，在一家咖啡店上班，她大學畢業就做過的工作，如今依然得心應手，咖啡店有同事知道她在找房子，介紹了一個出租套房，房子很小，得搭很遠的車，她租下了。

跑步的時候，可以忘卻很多煩惱，在咖啡店忙碌的時候，也能暫時忘卻煩憂，唯有在捷運上搖搖晃晃的半小時裡，很多悲傷的事會浮現心頭。

認識那個男子，就是在回家那段搖搖晃晃的捷運上。

只是巧遇，男子晚她幾站上車，卻與她一同下車，車站人多，搭上同一班車，又在同一個位置，純屬巧合。是男子先來搭訕她，她禮貌地回應，男子說：「你是不是在咖啡店工作？」她點點頭。「星辰咖啡？」男子問，她說是的。

是啊，星辰咖啡，老闆酷愛梵谷的畫作，星辰，故有此名。

她是早上十點到晚上八點的班，工時很長，男子是做什麼工作待到這個時間呢？她沒問。

走出捷運站，男子問，你住附近嗎？她警戒地遲疑不語，男子說，這附近也有家咖啡店很好，要不要一起去？

有時人溺在水中，會有人伸來一隻柳枝條，男子的邀約，就像好友的球鞋，是一隻柳枝條。問題是要不要接？

「但我肚子餓了，晚飯還沒吃。」她回答。「咖啡店有好吃的三明治，也可以嘗一嘗。」男子說。

失戀後，她很長時間懷疑自己，正如所有被外遇分手的人一樣，因為不被選擇，或說，因為被放棄，也放棄了對自己的珍惜。男子對她的邀約令她起疑，她都忘了自己也曾經是好看到會讓路人上前搭訕的女子。

試試無妨。

他們在咖啡店裡吃吃喝喝，暢談到了十二點咖啡店打烊。他們留下聯絡方式後互相道別。

第二天，男子就出現星辰咖啡。

男子以前在時尚雜誌工作，後來成了自由寫作者，出過旅遊美食書，經營臉書與部落格，也幫各個媒體寫稿，他說自己的工作就是「吃喝玩樂」，什麼好吃好玩好耍的東西，都是他要報導的項目。長得很端正的一個三十五歲的男人，沒道理還沒娶妻，但他說沒有，「還沒遇見對的人。」有點陳腔濫調，但他說起來頗有真心。「或許一個人生活就已經夠精采的了，不用刻意尋找伴侶。」他說。那是在夜間咖啡店，吃著三明治的時候。「那你為何邀我一起？」她問。

「第一次在咖啡店時，看到你在做咖啡，專注的神情特別動人。」他說。「我們當朋友就好。」她說，「我剛經歷一段很慘的戀愛，現在身心俱疲。」

男子笑笑，「當然是朋友，我本來也沒有其他用意。」

接下來的日子，真像復健療傷，男子每週來星辰咖啡兩次，他們一週會在捷運站偶遇幾次，走一小段路，然後各自回家。在咖啡店時各忙各的，只偶爾交換會心的微笑，回家路途上陪伴彼此一段，有時會一起去吃個宵夜，有時就在附近散步，月夜清朗的日子，就在附近多走幾圈。誰也沒約誰回家，沒有牽手、擁抱，或任何進一步行動，散步、聊天、吃點小吃，偶有一兩次去小酒館喝酒。

她依然每天去跑步，半年後報名了馬拉松比賽，跑半馬，他在終點站等她，精疲力竭到達終點時，他倆忍不住激動擁抱。

她漸漸覺得自己喜歡上了他，卻感覺不出他對自己到底有什麼意思，想問，又怕破壞了彼此目前穩定的關係。

漸漸她知道更多男人的心事，他不婚是因為被未婚妻悔婚，那傷口已經結疤，但一碰就痛。他懷疑自己可能更適合單身，但也不表示他就沒情感需求。

一個人跑步，兩個人散步，她慢慢體會到自己似乎更適合現在的狀態，過去的她，生活重心都在男友身上，除了工作，就是愛情，現在的她除了跟男人散步，也常約朋友見面，讓身體保持在走動或跑動的狀態，感覺傷痛也逐漸輕盈起來了。

分別的那天，男人說，要到外地去工作了，「恢復成上班族。」他說，「以後不能常常一起散步了。」

「謝謝你，這段時間一起走路的感覺很好。」她說。

「當初覺得你看起來好悲傷，我原想陪你走過這一段，沒想到我自己收穫反而很多。是跟你聊著聊著，我才覺得自己可以回去公司上班了。」他笑笑說。

「我也覺得這一段路走下來，好像終於從黑暗走到了光明。」她說。

「有一天相遇，再一起散步吧！」他說。

「對啊，有機會再一起散步吧。」她說。

有些人的出現，不是要拯救你，或者帶給你幸福，只是彼此相陪一段。在路途上，重新看見自己，重新回到生活裡，當你找回了自信，未來便有各種可能。

相濡以沫，相忘於江湖。

都好。

那不是愛情的，更為貴重的愛

認識L是在大學一年級，當時我們學校中文系與電機系互為友系，一進學校每個人就自動被分配友系的學友一名，中文系女生多，電機系男生多，學友感覺就是「聯誼」的代名詞。不巧，我的學友是個女孩子，是他們班上唯一的女生，同學都說我很倒楣，因為一開學學友們都忙著送禮物，請吃宵夜，我的學友對我什麼表示也沒有。

我自己結交了班上幾個朋友，兩個冰雪聰明的女孩，A與B都喜歡看書，我們很自然地走在一起，因為常到她們寢室去玩，也認識了她們的室友D。我自小就怕團體生活，女孩之間的相處模式我怎麼也拿捏不好，可以交到這幾個朋友覺得很開心，D是個厲害的女孩，說話時常夾槍帶劍的，頗為傷人，她的電機系學友我見過一次，大眼睛一個男生，大家見面時，D向學友介紹我：「江南第一才女。」當時我心裡大叫不好，這句話聽起來就有點危險。

A才是第一才女，文章寫得好、長得美、氣質出眾，更有一股俠氣，班上男生女生都喜歡她，因為我沒有學友，A也把她的學友L介紹給我。那次是兩系聯誼，在草地上圍大圈，彈吉他唱歌，我與A都愛唱歌，想不到L也愛唱，那次相聚非常愉快，之後我們三個人一起出去了好幾次，我個子矮小，A又高又美，跟在她身旁我就像個丫鬟一樣，但也無所謂，可以跟聰慧善良的人做朋友，我已經心滿意足。

當時從宿舍去教室上課，得走上很遠的距離，必須經過男生宿舍，吃飯的餐廳也在男生宿舍對面，那棟男生宿舍住的就是電機系的男生，起初我跟其他人一樣成群結隊地去吃飯，有一回我好像聽見有人在喊我，當時同學都喊我叫小鬼，我仰頭一看，他們喊的卻是：「江南，江南。」不知為何，每次我一抬頭，他們就開始叫囂起來，說一些莫名的話，我隱約聽見有人喊著：「江南第一醜女。」

糟糕的日子這才開始，有其他同學在我旁邊時，那些男生只是嘲弄，只要我一落單，隔著遠遠的馬路，就看見D的學友夥著幾個人等在那兒，江南江南地喊，當時我完全不理解發生什麼事，跑回去問D，她笑笑說，啊你不是江南第一才女，叫你江南有什麼錯。

不久之後，有天A的學友L打電話到宿舍給我，說要請我吃東西，至今我還記得那天與之後許多日子裡我與他見面的場景，他跟我就約在宿舍前面，那時我已經很怕走到那附近，害怕那些男生瘋狂而不懷好意的喊叫，但L偏要約在那。我起初很怕他也是要來捉弄我的，我心驚膽顫站在那，遠遠看見L背著書包，從一樓的交誼廳走出來，他個子高高的，戴著眼鏡，本來是一臉憨厚的樣子，但他踏出交誼廳時，身後卻湧起鼓譟的叫聲，我不知道那些人在喊什麼，只覺得L的身影彷彿要踏入什麼危險之境，而他一臉肅穆，背對著那些訕笑，走到我身邊，笑笑說，我們去吃飯。

那之後，幾乎每天傍晚下了課我們就會見面，先去吃東西，然後去學校走路。我們去過好多地方，荒僻的校園裡有很多他喜歡的秘境，比如某處長了一棵特別漂亮的樹，比如那兒有一個天文臺，比如荒廢的草地。有更多時候我們只是繞著校園走，走累了，就到學校前門的大草皮，躺在草皮上唱歌，那時L送給我陳昇的第一張專輯《擁擠的樂園》，也是他喜歡的歌曲。他會反反覆覆唱著陳昇的歌，我唱我喜歡的歌曲，或者我們東聊西扯，或各自安靜看著夕陽西下，直到天色暗下來。

我問L為什麼找我出來，他說：「我就是氣不過，你明明就是個好女孩，為什麼他們要把你說得那麼壞。」我問他那些人說我怎樣壞，他說他不想講，「你會傷心的。」我問他：「為什麼他們要喊我江南。」他又把話題扯開，只說：「別管人家怎麼說，你要記得你是個好女孩。」我望著天空，星星好大好亮，我說：「那些人不但笑我，也會笑你。」他又唱起一首歌，「我做對的事，不怕人家說。」

我記不清那段時間有多長，每天中午我仍要面對去吃午餐時被男生嘲笑的窘境，我漸漸不去上學了。後來聽B說起，因為我在寢室裡講過高中交男朋友的事，D聽了很不快，覺得她比我漂亮，憑什麼我有男朋友她沒有。有次高中認識的男生到學校來找我，我們一起去看了MTV（那時流行這樣的視聽設備，小小房間裡可以看電影），D將這兩件事結合起來，跟她的學友編派我生活浪蕩、交友複雜之類的話語，那些男生本就是嘴巴特別壞的，在我之前，他們欺負的是一個英文系的女孩，她長得高大，性格爽朗，總是騎著單車，一身熱褲背心在校園穿梭。那女孩每次經過男生宿舍，他們就大喊：「象腿，象腿。」幾乎只要外貌稍微不符合主流美女的女生，都會被他們嘲笑，我知道錯的不是我，但我是個自卑的女孩，容易受到傷害。

我每天起得很晚，逃掉每一堂可以逃的課，胡亂買些麵包餅乾吃，也不敢經過宿舍買飯吃，幾次想要休學，幾乎每隔幾天就會想自殺。

L每天在宿舍外面等我，成為我最痛苦也最快樂的時光，痛苦的是要親眼看見那些嘲笑我的人，快樂的是，有人在我最危難的時候，為我挺身而出。

許多種奇妙的情緒交織，我對L的感情越來越深，他送給我一個鈴鐺手鍊，他說做噩夢的時候就搖一搖它，可以護身。放暑假了，我去L在高雄的家玩，他還特別找了班上另外兩個好友作陪，「我要讓他們知道你是好人。」我們去吃冰、打撞球，一起去看夕陽，在他們家的日本料理店吃東西，夜裡我住在他家客房，睡前他到我房間看我，我們靠得很近，幾乎要擁抱了，但他用手揉揉我的頭髮，說了晚安就離開，我們之間有種說不出的什麼，但我又知道那不是愛情。

回家後，漫長的暑假裡，既沒有討厭我的人，也沒有L，我接到了他寫的長信。信的開頭我還記得：「我坐在屋頂上，想著你，想著她，想著我的心裡到底是怎麼回事，跟你在一起是那麼快樂，但我喜歡的人卻是她。」滿滿四張紙，是那樣情真意切。

可是我像失戀一般哭了起來，我知道他說的她是A，是連我都會喜歡的，完美的女孩，我沒有忌妒，因我並不覺得自己應該是被愛的那一個。但那些漫長的散步，那些唱不完的歌曲，他為我毅然從交誼廳大步走出來的身影，那又是什麼呢？我也弄不懂了。

我沒有回信給他。回到學校，升上二年級，那些男生搬到另一個宿舍去了。我經過那個轉角，不會再聽見江南江南的喊叫，但L也沒在那兒等我了。

畢業前夕我們在校園裡相遇，他身邊帶著一個女孩，長相跟A很相似，高高的身子，亮麗的臉，我很為他的戀情開心，那樣的女生就是他的菜啊。我們沒多說什麼，只是相識一笑，好像千言萬語不如微笑，生命裡你會遇到一些人，你喜歡他，願意為他付出，但那不是愛情。

多年後我才真正理解，有許多感情的出現與存在，比愛情更為貴重，我在一生裡遇到許多劫難，總會出現像L這樣的朋友，他既不愛我，也愛我，那不是愛情的愛，而一種發自本能，更為單純的，人性裡存有的美善。就像麥田捕手，我應當記取的不是自己不美麗，沒有被挑選，我當記取的是，有一些感情的發生並不以親密關係做為目的，它僅是要讓我們知道，人性之中雖然有惡，但善良也從未消失，那份善是如此無私，才足以讓一個絕望的女孩，在那時刻活了下來。

在愛情裡失去了自己

我以為他會告訴我人生的答案，
只要在他身旁什麼都不必害怕。
現在的我可以獨自面對那份害怕，
我知道答案不在別人那兒，
在我自己的路上。

好友小安是個奇特的女孩，她因自小家裡貧困，做過很多勞力工作，個子嬌小，力氣卻很大，讀書時喜歡跳舞、攝影，學什麼都快。她模樣秀麗，身材姣好，初相識時她在一家電子公司上班，過著規律的上班族生活，六年前她認識了阿飛，比她年長十多歲，離過婚，是個業餘畫家、專業玩家。阿飛我也是認識的，比起藝術家這個頭銜，我認為他更像一個「生活家」，投入創作的時間不多，倒是喜歡結交朋友，四處走逛，人緣超好，女朋友從不間斷，細長鳳眼、高挺的鼻子、窄窄的臉，笑起來非常迷人。

小安與阿飛戀愛我並不吃驚，使我驚訝的是他們竟然同居了，小安搬進了阿飛那個看起來非常嬉皮的工作室，在小安的積極規畫下，貪玩的阿飛也開始收心工作，兩人一起開辦了課程，把工作室整頓好，好像也要過一種創作情侶的生活模式。

但不到三年，阿飛就與常往來的一個朋友有了曖昧，小安發現後，兩人陷入了不斷輪迴的「分分合合」的戲。

最初小安肝腸寸斷，犯上嚴重憂鬱症，我陪伴過她一陣子，她幾乎是立刻就振作起來了，一邊去上禪修課、一面做心理治療，她從童年家庭的創傷開始思考，也去練習了瑜伽，幾乎所有能做的事她都做了，然而只要阿飛在場，她就會變回歇斯底里、小心翼翼、情緒起伏劇烈，阿飛走後她又陷入強烈憂鬱。

「不知道為什麼，在他身旁時，我就不太像自己了，會不自覺在乎很多事，好像無法控制地會去注意他，連講話、思考，都受到對方的影響，我不喜歡這樣的自己，卻也控制不了。」小安說道。

「或許你應該徹底離開他一段時間。」我試著建議。

「有時我也會想到，或許在他面前那個我，才是真正的我，我內在就是有很多自卑感、不安全感、沒有自信，在外人面前我會努力振作，讓自己看起來很好，但他的臉就像照妖鏡，照出了我脆弱、膽小、無能的那一面。」小安說。

這些可能都是真的，我們在戀人面前是全無防衛，難以偽裝的，戀人讓我們看見自己的缺點與弱點，但並不意味著我們只能緊抱住這些缺陷。

「凝視自己的黑暗與脆弱是重要的，但除了凝視，還要能想辦法接受，並且有能力去轉化。」我說，「但你已經做得很好了，不需要再苛責自己。現在要做的，只是讓自己遠離會分心、受傷的環境。」我說。阿飛與小安之間有著旁人無法理解的連結，小安總是覺得自己無依無靠，阿飛是她在這世上最親的人。

「可是我現在好痛苦，看見他也痛苦，不看見他也痛苦。怎麼辦？」小安哭著說。她父母早逝，留下三個妹妹要照顧，一路上什麼苦都吃過了，卻唯獨對於感情看不開，「我不知道為什麼我什麼都做得好，卻無法克制我對他的感情。」她說。

「不需要克制，只是做出選擇。」我說。

對許多人來說，選擇比克制還難。但選擇確實是我們自己就可以做的，在戀情剛生變的時刻，誰是誰非還說不清楚，心裡也還無法毅然放下對他的眷戀，就不必強迫自己去討厭他、咒罵他或恨他，只是要知道自己在他面前會失去理智，盡可能不讓自己跟他接觸，曾經在愛情裡發現自己的傷，也可以在獨處的時候療癒。

一下子也不要給自己太難的選擇，這種時候朋友是最重要的，若需要心理諮商，也可積極尋求專業幫助，要從三年多的生活習慣裡走出來並不容易，但生活總是可以一點一滴建立起來的。她去學習了瑜伽，讓悲傷、憤怒、鬱結等情緒都在瑜伽休息裡釋放出來，「到了夜裡，我就會想傳訊息給他，可是一旦開始，我內心的黑暗就會跑出來，我會寫下很多可怕的話，第二天又後悔得要命。」她說。

「那種時候，你可以寫日記，不然，就把訊息傳給我。」我說。為了戒除她夜裡發短訊、偷看阿飛社交媒體（帳號密碼她都有）的惡習，我陪她去買了鬧鐘，到了晚上就把手機關掉，她重新養成聽音樂的習慣，終於找到關於旅行的書可以看得下去，一開始還是睡不好，但她勉強讓自己早起練瑜伽。漸漸地，也不太需要靠喝酒或吃安眠藥就能入睡了。她寫大量的筆記，讀很多書，因為與人分租房子，認識了一個一直在流浪的女孩。相似的童年經驗，使她們成為知己，相互幫助，度過人生最黑暗的時刻。

從那時開始，小安每年都獨自去旅行一到兩次，以她的獨立與能力，去哪都不成問題。「我只是在訓練自己獨處。」她說。她偶爾仍會與阿飛聯絡，偶爾仍會為他傷心或憤怒，他們的分手進行了好些年才真正完成。

六年後的此時，小安對我說：「有一天我在街上遇見阿飛，他帶著另一個女人，他好像完全變成我不認識的人了，即使外觀看起來好像還是同一個人。我知道我已經好了。」

她說：「我曾經愛過他，為了這份愛迷失了自己，但也是這段迷失，讓我知道我並不是原先以為的那種人。我想，這也是他帶給我的改變，現在的我會特別意識到自己是否在討好他人，有沒有因為膽怯而做出特別大膽的事，很多時候我聆聽自己內在的聲音，以前那些聲音是混亂、衝突的，現在我聽得懂那些矛盾背後真正的意義。」小安變強壯了，她剛結束一場印度之旅，晒得很黑，眼睛裡都是光芒。

「我曾經以為他是我生命的救贖，我以為他會告訴我人生的答案，只要在他身旁什麼都不必害怕。」小安說。

「現在呢？」我問她。

「現在的我可以獨自面對那份害怕，我知道答案不在別人那兒，在我自己的路上。我不愛他，也不恨他了。」小安說。剩下的是一份對於過去深深的感謝，大破大立，謝謝他擊碎了我，讓我有機會重新長出自己。

#你想要的安全感是什麼

過去被辜負與被傷害的，
現在讓自己有機會去修復，
修補傷害最好的方式，
就是去創造一段有價值的感情。

你說，跟他相戀已經一年多，總是覺得沒有安全感。每次他手機有訊息傳來，那叮咚的聲響總是讓你心驚，你看他飛快打字，不知在跟誰聊天，表情有時嚴肅有時微笑，「跟誰聊天呢？這麼開心。」你問。他說：「只是工作討論，沒什麼。」「既然沒什麼，可不可以讓我看一下？」你脫口而出。「手機訊息也要給你看嗎？」他問。你覺得心虛，「我也想認識你的朋友。」你說。他把手機遞給你，群組裡的人七嘴八舌，誰是誰你

也不認得。

就是沒有安全感。你低聲說：「畢竟你以前交過好多女朋友。」

「但我現在只有你啊！」他溫柔回應。太溫柔了，如果對別的女生也這麼溫柔，誰能抗拒呢？

為什麼沒有安全感？

當時與他交往，他剛結束一段五年的關係，你沒見過前女友，但知道對方很漂亮，五年啊，該有多少美好的記憶？「都過去了，我不留戀。」他說。你知道對方傷他很重，確實不該為過往忌妒。那未來呢？他公司同事好多女孩子，可是你能禁絕所有女孩跟他靠近嗎？

你回想自己的過往，為什麼沒有安全感。

童年時父母工作都忙，早早就把你交給保母，母親病逝後，父親寄心於工作，把你送回了外婆家。

外婆多疼你，外公總是護著你，要說缺乏關愛，那就太不知感恩了。

可是你心裡總有一股聲音提醒著，你是不被父母所愛的，父親總是寄錢而人卻少出現，後來有了繼母，生了新的妹妹，把你接回去住，你看到父親對妹妹的態度，更覺得自己沒有被好好愛過。

但那些跟男友有關嗎？他必須概括承受你從小到大受到的傷害嗎？

「茫茫人海裡，我只選擇了你，我只與你相依。」你記得當時是他的信件裡，這樣的話語打動了你。

但為什麼是我呢？你覺得自己不夠美，不夠聰慧，也不是他辦公室裡那些品味良好的女生，你是從鄉下來的，舉手投足，總還帶著一股土氣。

「我不知道原因，愛需要原因嗎？」他回答。

你非常需要知道答案。彷彿知道了答案，就可以知道為何被愛，以及為何不被愛。如果知道答案，就可以避免傷心。

「我喜歡你微笑的樣子，好像什麼事對你來說都很有意思。」他說。「我喜歡你不知道自己很美好，只是安靜地散發著光彩。」「我可以找出一百個喜歡你的原因，但那都不是真正的理由，你要相信自己好，我沒辦法給你證明。」

「請給我時間，讓我找到安全感。」你說。「我可能會提出一些無理的要求，比如想看你手機，比如想知道你下班後到哪兒去，這些不是懷疑，我只是想多理解你，多知道你的生活，我要這樣才有辦法相信。」你切切地說。

「我明白。都給你看，想看什麼都可以。只是看了之後，你要能判斷哪些是應酬話，哪些是開玩笑，否則你會陷入更深的懷疑。」他說。

「安全感不是別人可以給你的。」他說。

你落入深思。

他大方向你展示他的手機，你仔細翻閱他的各項訊息，他對你解釋這人是誰，那人是誰，這個是女孩，那個是男性長輩，這段對話是講什麼內容，那個玩笑是誰起頭的。

你覺得掌心發燙。這樣的人為何你不相信。

你想起上一段感情，對方總是神神秘秘，好像只有約會的時候你們才有關係，一旦分開，你對他就一無所悉。一開始你還沉醉於甜蜜的相處，到後來你漸漸感覺他的控制，那時你還不懂得如何表達自己，初次戀愛，滿懷期待，遇到關係瓶頸，只感覺挫折與失敗。對方是不善溝通的人，命令多於交談，你的任何要求都被當作無理取鬧，你漸漸也覺得是自己錯了。那段日子，感覺對方總是在教導你什麼，他的所有隱私都是神聖不可侵犯的，而你的一切卻都要向他交代，最後分手，也是因為他覺得你不夠體貼懂事。「什麼都不夠。」你想著，我是個什麼都差一點點的女孩，不配得到幸福。

你對現任男友說起那段過往，他沒有再如以往那樣對你說：「那些都過去了。」

他抬起你的臉，鄭重地說：「你不要相信那些人的話，你非常美好，沒有什麼夠不夠的問題，你要相信，每個人的存在都是獨一無二的，沒有其他人可以取代，也無從比較。我喜愛的，就是這樣的你，我想要與這樣的你認真地交往，我不能說服你相信我，但請你相信自己，你值得幸福。」

你開始哭了起來。為什麼這樣的人愛我，我卻不相信。

他說的是真的。我想對你說，任何人都有權利幸福，一念天堂一念地獄。

攤開舊回憶，幾乎人人都有一本傷害史，無論是童年不幸福、學生時代被欺負，或者是職場上受冷落、被忽略，朋友間的糾紛、挫折，直到戀愛後的種種不順利，有些大家公認的俊男美女、人生勝利組，多少也都有不順心不如意的事，只是外人無從察覺，不要羨慕他人的人生，因為那不是你的，不要用貶低自己來逃避，也不要靠著懷疑對方想要得到證明，愛無從證明，愛都是累積。

覺得自己不夠好，那就努力完善自己，覺得對方沒給你安全感，那就仔細思量你想要的安全感是什麼。世事無常，他能給你的就是眼前可見的溫柔，那也是最珍貴的。擔心遇到愛情騙子，你得靠自己的判斷去評量對方，彼此開誠布公，不要自欺欺人。與其追求空洞的安全感，不如轉換成想去理解對方、深入對方生活的積極主動，過去被辜負與被傷害的，現在讓自己有機會去修復，修補傷害最好的方式，就是去創造一段有價值的感情。這種價值不在於相處多久，結局如何，而在於找到一個與你相知的人，先不要期待天長地久，而是期待彼此真誠的相處。不預期結局，不預想後果，只是專注地相愛，無論過程裡經歷多少內心掙扎、天人交戰，那都是愛的一部分，愛就是讓我們發現自己，並且進一步改變自己、修整自己，最好的方式。

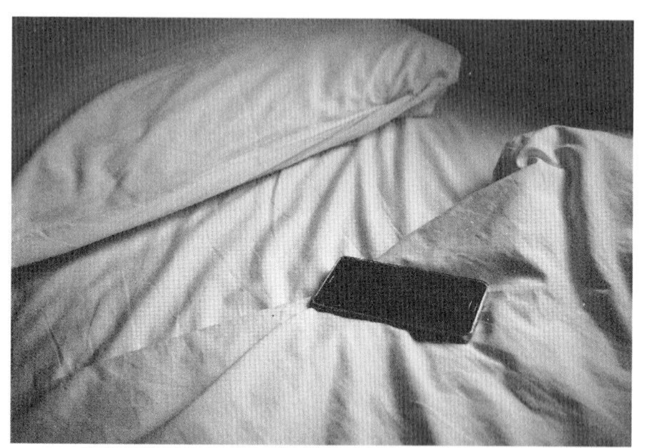

#那個在愛情裡失常的自己

爭吵中的人，面目總是猙獰。
可是，你越是害怕，越想逃避，就越無法弄清楚，
那個失常的自己是怎麼回事？

陷入戀愛時，你時常看見自己失常的樣子。

比如第一次吃醋，第一次忌妒，第一次因為不安感到手足無措，第一次因為恐懼而亂了方寸，第一次起疑，第一次心碎，第一次徹底否定自己，第一次發現自己心裡有著黑暗的地方，第一次知道，當你愛上了誰，那個人似乎手上就握著可以讓你傷心的利刃，面對愛情，你有太多不懂。

終於來到三十歲，經過幾次戀愛，遇見了感覺可以繼續走下去的人。

可是過去經驗裡還沒消化完的情緒，還沒癒合的傷口，依然存在，你

很擔心會在這一次的愛情裡重現。

為什麼我無法控制自己？為什麼在戀愛裡我老是失常？

那天晚上因為一件極小的事，跟戀人爭吵了起來。

每當這樣的時刻，你都覺得像是在做噩夢，戀人提高八度音說話，你氣得面紅耳赤，腦中無數個畫面在跑，都是過往累積的委屈。對啊，上次他也是這樣，你只不過說了什麼什麼，他就如何如何罵你，他只要提高聲音說話，你就會生氣，生氣的時候，你會講出一些不理性的話，可是那些話，其中難道沒有半點道理嗎？只不過是稍微刻薄了些。可是吵架啊，你來我往，如果不提高點聲量，如果不據理力爭，還不如一開始就道歉算了。

情緒這種東西真可怕，幾分鐘前還是感情極好的一對戀人，怎麼突然刀光劍影，像敵人一樣？爭吵過後，戀人一定會跟你說：「還不是因為你反應過度，說話傷人。」一想到這裡，你忍不住又想說話激他。

難道我就是一個這麼糟糕的人嗎？你心想著，我們別再吵了，我不想再重蹈覆轍。

不知道是誰先停下來了，你們終於止住那些失控的言詞與過激的情緒，存在你們之間的，剩下一片靜默。

雖然停止了爭吵，卻變成冷戰，這時你好害怕，要怎麼修復關係？剛才都吵成這樣了，要怎麼恢復感情？

他在書房工作，你在客廳看電視，頻道轉來轉去，沒有想看的節目。

你鼓起勇氣，走進書房裡，低聲地說：「剛才我確實說了刻薄的話。我向你道歉，對不起。」他起初還有點氣惱，但聽完你的話，他便說：「剛才我也有點暴躁，因為手邊正在處理工作，心裡煩亂。」

他握著你的手，你開始哭了起來。

「為什麼吵架時我會說刻薄的話呢？我根本不想傷害你。」你說。

「因為你自尊心很強，又害怕受傷。」他說。

簡單兩句話，說中你的心。

「那該怎麼辦？有時我會討厭那樣的自己，怕你也會討厭那樣的我。」你說。

「真的有點討厭啊，爭吵中的人，面目總是猙獰。可是，你越是害怕，越想逃避，就越無法弄清楚，那個失常的自己是怎麼回事？」他說。

「那是怎麼回事呢？以前我每次都被自己嚇著，好像在愛情裡就會失去自我，變得反常。有很多我自己都沒察覺的情緒，一下子就出現了。」你說。

「因為有很多被隱藏的自我，是在受傷時才會出現。」他說。「我看著你生氣的樣子，我會想到，以前你一定時常受委屈。」他說。

你又繼續哭了起來。「對啊，以前的一段關係，等我發現的時候，已經被控制得很厲害了。他總是用言語羞辱我，貶低我，弄到後來我都不知道自己到底是好還是不好，分手的時候，感覺天都要塌了，覺得這輩子不會再有人愛我。」你說。

你還記得那個人，明明是他變心，卻硬說是你百般不好，他才移情別

戀。變心是你的錯，分手是你的錯，每件事都是你的錯。

「有些時候，生氣、忌妒、懷疑、不安，都是很正常的情緒，那些是要提醒我們留神對眼前事物的看法，有情緒了，一定要去凝視那些情緒背後的意義，有時我們會不相信自己，自信不足，容易被親近的人拉著走。」他說。「但因為以前的經驗，你反而會對於別人的意見很防衛，剛才我們倆討論事情，你一聽見我反對，立刻緊張了起來，不過我也有不對的地方，我明知道你好強，卻又沒有充足的時間好好跟你解釋，所以一個擦槍走火，就爭吵起來了。」他說。

「有時戀人間的爭執，可以視作在進行大聲的溝通。這當然不會讓人愉快，但重要的是，有沒有達到溝通的效果。」他說。「關鍵是，無論如何，要記得那是一種溝通，而不是互相傷害。」

「為什麼大聲爭執的過程那麼恐怖，事後卻又不傷感情呢？」你問，「吵架過後你還是依然可以愛我嗎？我的經驗裡，都是大聲吵架，然後導致冷戰，後來感情逐漸不好，就分手了。」你問。

「如果是真心的相愛，對彼此對自己都要有清楚的認知，我與這個人在一起，會一起經歷一段或長或短的過程，這個過程要互相理解，進而好好相愛，這是不容易的，除非是在爭吵的過程裡做出了不可挽回的事。否則，那些溝通、爭執、辯論，都應該看作是相愛的一部分，因為我們還沒有好好地理解對方，所以產生誤解，因為我們各自都有未痊癒的創傷，會在有情緒的時候，說出具有傷害性質的話。但那些都是情緒激化，而不是感情不好，當情緒在作用的時候，使人發生爭執並不是不相愛，而是不理解或者意見相左，要帶著無論怎麼溝通都不傷感情的想法，無論吵得怎麼樣，都要等到情緒過後，再去檢視彼此的關係。」他說。

「這做得到嗎？不會記仇嗎？人們不是都會用言行舉止來衡量對方嗎？剛才醜態百出，你不會看輕我嗎？難道不會覺得我不可愛、不講理？」你問。

「吵架的時候誰會可愛呢？但你不也是過來跟我道歉了嗎？誰說你不講理呢？你只是一時想不通罷了。」他說。

「你為什麼可以用這樣的方式來理解我呢？」你問。

「因為我也受過傷害，也曾經失去，也曾在情緒裡忘卻了感情的重要，後來我知道那只是錯覺，真正愛過的不會因為一時情緒就變得討厭，我對你有信心。」他說，「你也要對我有信心。」他又說。

那時你已經哭得很累了，長你五歲的他，好像說出了很多有道理的話，然而最重要的是，你想要去相信這一份愛，你想要去相信可以改變的可能，你知道跟這個人在一起是有可能的，你相信你可以從愛情的反常，慢慢進步，達到愛情裡的成長。

#沒有人是不值得被愛的

你曾經愛過、付出過，
這個故事就該有你自己的版本，
不是為了跟誰解釋、說明，也不是為了爭一口氣，
而是因為往事歷歷，你得幫自己留下一些紀念，

戀人在電話裡對你提起分手，語氣決絕，細數你的不是，他說：「交往了這麼久，你都沒有成長，一直在停滯，再繼續下去也沒有什麼意思了。」他說對你的感情淡了，「我們分手吧。」

你拚命解釋，腦子像被翻亂的衣櫃，什麼都說不清楚了。

關係變得不好，不是自己單方面的緣故，但他要提出分手，你也沒辦法挽留。

「我想當面談一談，說清楚再分手。」你對他說。他語氣冷酷，說不要再見了，你的東西他已經整理好，看什麼時候寄給你。

後來的日子你過得昏昏亂亂的，生活重心完全空白，朋友都說你遇到了渣男，說他一定有了新對象，叫你不要再想他。你不是想挽回什麼，只是對他最後那段話感到難過，一直尋思著自己到底為什麼沒有成長，什麼地方停滯？要怎樣才可以成為更好的人？要如何在關係成長？為什麼無法好聚好散？

我說：「一個人有沒有成長，不是對方說了算。」想要提出分手，總會有很多理由，對方說的話可以拿來參考，卻未必都是公道的，不是提出分手的那個人說的都是對的，被分手的人也不表示就比較差。戀愛關係是兩人你情我願的結果，需要兩個人認可，但分手卻是一個人沒有心、失去意願，就走不下去了，無論誰先提出分手，哪一方說出了什麼理由，「無法繼續維持戀人關係」就是分手最重要的理由。至於原因、來龍去脈，都是各有各的版本，誰說的都不準確，你唯一要確認的只是：「對方提出分手了，我也不用再勉強他。」分手當然難過，毫無準備之下被分手，更會有複雜的心情，這時候你該做的不是用他的話來否定自己，讓那些傷人的話語像烙印一樣印在心裡，成為傷害。你該做的是先讓自己有機會悲傷，允許自己難過，但這份悲傷與難過，或者失落的心情，都不要太快變成自憐自怨，甚至是自我否定，也不要立即轉變成恨意、責怪、懷疑，無論後來關係變得怎麼樣，關係肯定是出問題了，才會導致分手。但所有關係的問題都是兩個人一起造成的，很難分辨哪一方錯誤更多，你能做的是在自己的能力範圍，仔細思考自己的部分，希望過去的經驗能夠給予自己啟發。至於他是不是有了新對象，那都是他的決定，最好不要去追究，免得造成怨恨，毀壞了心中最後一點美好的回憶。

「但他不願意跟我好好談，讓我好難過。」你說。

是啊，相戀一年半，卻是一通電話就分手，怎麼不令人心寒？

但，或許這也是看清楚一個人的方式，看一個人怎麼處理紛爭、怎麼面對衝突、如何做出選擇，都算是認識他的機會，這是他軟弱或不負責任，不用為了他的錯誤傷害自己。

「就這樣算了嗎？感覺好不甘心。」你說。

不這樣算了，難道要去鬧？去糾纏、去掀翻過去點點滴滴，像搗毀一塊蛋糕那樣，吃不到就攪爛嗎？面對失落，我們也還可以保有自己的尊嚴，或許現在不是談的時候，那麼就給彼此一段時間，等到適當的時機再來談，但心裡要有個底，想跟你分手的時候，什麼理由都是理由。

「但是如果真的是我停滯了，沒有在關係裡成長，我也想要知道如何改善？」你說，無論當時你到底有沒有停滯，是否有成長，只要願意反省與檢討，就是成長的起點，不要讓這兩句話變成腦中旋轉不停的咒語，彷彿真的是因為你那麼糟，他才離開你。你要做的，只是讓受傷與失落的心情慢慢平復，在這段療傷的過程裡，設法公允地、誠摯地，認真回憶兩個人相愛相處的過程，看見那些產生衝突或意見不合、關係變糟的經過，像看一部電影那樣，試著讓自己更客觀些。回憶不是為了讓自己痛，也不是為了翻江倒海改寫結局，回憶也是一種療傷的方式，被情緒攪混了的水，慢慢地釐清它，設法看清楚當時沒看見的，還原那些時光裡所有的經過。

這些回憶、整理、釐清，不是為了找出你到底是不是真如他所說的沒有成長，而是，即使被動分手，你曾經愛過、付出過，這個故事就該有你自己的版本。不是為了跟誰解釋、說明，也不是為了爭一口氣，而是因為往事歷歷，你得幫自己留下一些紀念，無論是美好的、破碎的，或者是無疾而終的。

所有的愛情，都是兩個人自願產生的關係，不要因為最後的結果不美，就否定掉所有的努力，更不要因為對方選擇離開或選擇其他人，而否定自己的價值。分手只表示這段關係走不下去，有各種可能，即使自己也有做錯、或者不夠盡心的地方，理解清楚，在往後的人生裡去完善、改正，也就夠了，不要全盤否定自己，也無須全盤否定對方。

學習戀愛之前，要有承擔失落的勇氣，接受別人的愛之前，也要有肯定自己的能力，沒有人是不值得被愛的，每個人都應該先肯定自己是可以被愛的，並且由衷地愛著自己。這份肯定與愛，都是讓自己穩定下來的力量，每個生命的存在都是珍貴的，我們要認知到自己的珍貴，這份價值不會因為別人的評價而起伏變動。

「我是珍貴的，我是值得被愛的。」因此我也要好好善待對方，並且在各種互動的過程裡，盡可能不要患得患失，不要因為對方的喜怒而波動，即使經歷一段中途夭折的關係，也不代表你就沒有能力在下一段關係好好努力，即使被提出分手，即使對方說出再多糟糕的理由，也不要否定自己的價值，「分手」只是眼前這兩個人無法當戀人，不能毀滅一個人的珍貴。

療傷最好的方式，不是去探究自己到底哪裡做對，哪裡做錯，而是像跌倒了再站起來那樣，清理傷口，看見那份疼痛，耐心等待傷口慢慢痊癒。我知道我是值得被愛的，只要我繼續保有一份愛人的心，就可以心安理得繼續往前走。

#在困境中肯定相愛的心意

人生實難，戀愛也難，
在辛苦創業、職場奮鬥的剛開始，
愛情突然變成了生活裡的障礙，
連睡覺時間都不夠的時候，要怎麼相愛？

他說與女友相戀五年，分分合合許多次，原因總是因為吵架。

「每一件事都能吵，吵得我好累。」他說。

頭兩年是最快樂的時候，他們都喜歡藝術，男孩寫詩，女孩畫畫，知道藝術支持不了生活，都認分地去上班。剛畢業時住在一個小房間裡，屋裡滿滿都是書，小小的床鋪攤開是床，合起來是沙發，電視裡播放的總是那些老老的藝術電影，男孩自己組裝的小音響，播放著爵士音樂，女孩喜歡穿洋裝，披披掛掛的各種珠串都是自己手工製作。假日裡，他們就去市集賣那些串珠首飾，男孩寫的詩女孩用針繡在卡片上，市集賣不了多少錢，但認識了很多朋友。

那兩年，還在志同道合的階段，女孩偶爾下廚，老是把飯燒糊，男孩皺著眉吃了，苦笑著說，好吃。

「那時候什麼都好吃。」他們去市場買人家挑剩的水果、賣相不好的蔬菜、即期的冷凍肉品。女孩喜歡到二手店淘衣服，男孩最擅長修繕各種故障的東西，普天之下他們擁有的東西那麼少，可是覺得天空地寬，什麼都阻礙不了幸福。

「後來什麼地方出了錯？」我問。

第三年，男孩進了一家新創業的公司，工資高，工時長，開始沒日沒夜地加班。女孩離開了原來的出版社，去了一家網路媒體當編輯，公司都是很優秀的同事，競爭激烈讓她感到痛苦。

他們搬到了一個比較像樣的地方，有能力吃比較好的館子，卻開始了不斷的爭執。

「簡直是鬼打牆，就是吵啊，我不知道我們吵什麼，簡直什麼都能吵。有一段時間，我都睡在公司裡，我害怕下班回家看到她，總是一臉想吵架的樣子。」他說。

總是有原因，我問。

「不滿吧，她對我的工作不滿，我對她的生活方式不滿。我們改變了很多，買得起的東西都用買的，買不到的東西讓我們痛苦。」他想了想，「以前可以輕易得到的快樂都不見了。每天下了班，我只想休息，真的，有時連要我跟她去公園散步我都覺得累。可以搭車我絕不要走路，上班太耗神了，回到家只想放空。她呢，新的工作帶給她挫折感，她總覺得自己比不上別人，本來就是比較沒有自信的人，現在更沒自信了。她總是懷疑我加班是在跟別人約會，但怎麼可能，做這份工作，命都快沒了。我跟她說，忍耐一下，公司上軌道，可以分紅啊，想要結婚的話，還是得存錢。」他說。

彷彿只是訴說也能讓人醒悟過來，他邊說邊想，嘆了口氣。

「以前我們什麼也不想要，只是相愛，後來我們想要更多，卻沒辦法好好去愛了。生活太磨人了。」他說。「我也跟她說過，我們去做諮商，把感情找回來，但她要我辭職，這個我辦不到。都努力走到這裡了，放棄太可惜了。」

我要他仔細回想，她到底都在爭取、吵鬧些什麼，而自己抗拒、排斥的又是什麼。

「還是工作跟感情的衝突吧。她就是覺得我不夠愛她，我把生命力都放在工作上了。」他說。「但我都要三十了，不能像大學生那樣過日子。」他一臉要哭出來的樣子。

「我想過放手，讓彼此自由，或許走到這裡我們已經不適合了。她需要安全感，我需要支持，現在的我們給不了彼此這些。」他說。「但我總會想起那些很快樂的時光，那時候她很信任我，我很愛她，我不知道是什麼把那對快樂的情侶變成現在這對怨偶，有時我們大聲爭吵，過後兩個人抱頭痛哭。」

「你們還相愛嗎？」我問他。他點頭又搖頭，嘆了氣又點點頭。

「真的都不知道了。有時我一個人在街上走，覺得好清靜，但走久了，會感覺聽到她在哭，她好像一直在等我，但我沒力氣跑到她那兒。我太累了。」他說。

人生實難，戀愛也難，在辛苦創業、職場奮鬥的剛開始，愛情突然變成了生活裡的障礙，連睡覺時間都不夠的時候，要怎麼相愛？我自己也經歷過那樣的日子，兩個人一起創業，起初是同甘共苦，到後來卻是面面相覷，最後形同陌路，每天與你相處的人，你都不知道彼此心裡在想什麼。

愛情需要時間，需要溝通，需要相處，需要有空間跟時間讓感情滋長、生根、茁壯，但生理心理上都無法配合時，要拿這份感情怎麼辦？

我想，首先是要認知到這份愛的存在，它還在，只是沒有機會像過去那樣舒展開來。缺少了養分，幾近枯萎，不是只有工作忙的這一方有責任，另一方也有該承擔的，認知到這不是心意的問題，而是心力的問題，就要先把「一定是變得不愛我了」這個懷疑拿掉，要知道彼此相愛會有階段與生長期，現在處在兵荒馬亂期，不適合談論本質問題，應該合力對抗外敵，再來思考內患。

再怎麼忙，也要抽出時間相處，這是必要的，先降低標準，再精準抓好時間。一週找一天好好吃頓飯，陪伴彼此加班，參與對方手頭上棘手的任務，耐心聆聽彼此工作上的困難，回到家不要期待著被疼愛、被照顧，而要像一個最好的後勤，等待戰場上歸來的戰士，為他包紮、聽他訴苦，戰士也要知道等待者的焦慮，不要逃避期待的眼神，那些都是關愛。

認清了這個階段無法有更充裕的時間相愛，就要更珍惜可以相處的時光，要知道相愛的人生漫長，這不過是其中的一段艱難。可以一起共苦的人，要先認清讓你們痛苦的因素，能不能一起走下去，靠的就是之前的累積，現在鬼打牆似的爭吵，要有一方先鎮定下來，先去把那一團亂麻似的爭吵梳理開。其實戀人之間，最難啟齒的都是那份想要被愛的心意，要先去呵護、肯定那份心，不要懷疑這份愛，即使到最後還是得分開，依然要肯定彼此的相愛。先肯定這份愛，只是不知道有沒有能力繼續相愛，就有機會好好面對現實上的問題，認清彼此的狀態，一起面對困境，好好思考要不要跟這個人一起克服當下的困難，找出可以走下去的路。

#每一段戀愛都是遠距離

我們本就是從很遠的地方，
開始逐漸向彼此靠近，
從一時好感，開始逐漸了解對方，
從陌生變得熟悉，直到成為親人。

身邊一對戀人朋友最近剛分手，細問原因是因為兩人一南一北、聚少離多，前段時間各自工作都忙，逐漸疏於聯繫，女方先提出分手，男方也沒太多抗拒，看起來是好聚好散，但彼此不免都變得感傷。他說：「遠距離真的好難。」她說：「最難的時候，是一天加班後疲憊不堪地回家，發現對方跟同事出去喝酒了，明明知道他也需要放鬆，可是還是忍不住覺得生氣，氣自己不在他身邊，氣他不為我多想一想。」「一開始遠距離，每次見面都好纏綿，每天都好想念，但日子一久，卻覺得都是折磨，你來看我或我去看你，路途遙遠，奔波勞累，好不容易見了面，卻因為一點小事就爭吵了。雖然可以視訊，但跟面對面就是不一樣，電話裡、視訊裡，都得一直講話，很容易產生誤會，但見了面可以直接碰觸到對方，即使靜靜地靠在一起不說話，也能感受到溫暖跟關心。」他說。「我們不是不相愛，愛情被距離吃掉了。」他們說。

「下次戀愛，再也不要找遠距離的人了。」我彷彿聽見他們心裡這麼說。

遠距離真的行不通嗎？但我也聽過同居會導致分手的理論啊，愛之路難行，近有近的問題，遠有遠的難處。日日相處，就說生活細節把愛磨損了，相隔遙遠，就說距離把愛吃掉了，但這世上真的有天時地利人和，那麼剛好的愛情嗎？那些看起來剛好的愛情，難道沒有「不湊巧」的時刻嗎？

所有的愛情都是一條險路，危險之處在於當兩人墜入情網，相約一路同行，意味著接下來的時間裡，你們要花很多心力在彼此身上，但人生實難，生活裡不是只有愛情這一個選項，工作、家庭、課業、人際關係，脫離了剛戀愛的喜悅，戀人們立刻進入「在生活裡實踐愛情」這個過程。

除非彼此都很喜歡獨處，否則長時間的遠距離確實會造成困擾，但距離都是人決定的，兩個分隔兩地的戀人，能否逐漸向對方靠近，這也是兩個人可以討論的。重要的是，兩人能否一起等到那一天，用什麼方式逐漸靠近。

我曾經在香港認識一對戀人，男方麥可是英國人，女生阿喬是北京人，他們在北京相戀，一年後就開始了長達十年的異國戀情。因為工作的緣故，他們總是在不同的國家，最遠的時候，男生在美國做研究，女生在南非工作，一年只能見上兩次面，攤開他們的戀愛史，幾乎就是滿滿的簽證、飛行哩數、時差。「每一次分離都很辛苦，但我們一年比一年更靠近了。」麥可說。他們的十年計畫，真的一步一步實現中，當時還沒有智慧手機，靠的是寫信、打電話，靠的是實實在在飛一趟好遠的路途，飄洋過海來看你。我問麥可怎麼熬過那些日子。「就是相信。」他說。

阿喬是個爽朗的女孩，有大地之母的氣質，她說他們都不願意對方犧牲自己，所以訂了十年計畫，讓彼此都在自己的專業裡找到工作，然後慢慢挪移，最後選定了香港作為落腳的地方。「遠距離很難，但是要堅持。一直堅持著朝對方走過去，一點一點地，就到了。」阿喬說。他們在香港結婚，生子，各自都有堪稱滿意的工作。

我認為他們一開始就看清楚了距離很遠，目標在很難到達的地方，做好了心理準備，這要心很定的人才做得到。沒有誰是一開始就想要遠距離戀愛的，大多是因為工作、學業、家庭等因素被分開，分開是一種考驗，正如同居也是考驗。分離時的考驗，測試的是戀人獨立的能力，以及如何在無法見面的情況下，依然相信對方，依然有能力支持彼此。

找一個彼此都可以負擔的方式來相處，比如隔多久誰飛到誰那兒一次，旅費如何分擔，怎樣安排住宿，偶爾一兩次見面時沒那麼順利，也不要著急生氣，不要輕易就怪罪對方，要知道遠距離戀愛是雙方一起決定的，不要一吵架就拿遠距離的事來說嘴，不要總認為一定是對方不夠愛你，才沒有放下一切跟你在一起。

一起踏實、認真地討論如何向對方逐漸靠近的方法，有些遠距離是階段性的，畢業、轉換工作就可以解決，有些遠距離可能涉及廣泛，非一時可以改變。不要輕易地讓某一個人犧牲自己的工作、家人去遷就另一個人，而是兩個人經過認真、實在、公平、自願的商量，再決定誰去誰的城市，或者找到一個兩個人都可以安定的地方。

兩個人有心想在一起，只是礙於距離的緣故，就珍惜每一次可以相處的時間，不要明明是遠距離，卻硬想著近距離才能有要求，不要因為距離遠了，就心生懷疑，產生不安全感，真正遠的是心的距離，而不在形式之上。無法天天見面，就讓書信、電話、思念來充實不見面的日子，認清彼此不是近在身旁的現實，看看你們可以在這種距離中創造出怎樣的感情，我認為不要抱怨、不要指責、不要自私，不要只想著自己受的苦，而是兩個人一起設想如何找出一條逐漸靠近彼此的路。踏實地走過去。

我見過許多同居的人逐漸走向分離，也見過許多遠距離的戀人克服不了分離的障礙，逐漸走向陌路。戀愛都是這樣的，不論什麼距離、何種形式，願意在一起的人，就會找到可行的方法，有一方不願意了，或者兩人都心生疲憊了，逐漸分開，也是自然的事。

愛情永遠都是你情我願，兩個人才能一起實現的，不要對愛情充滿幻想，卻根本沒有實現的能力，實現一份愛，首先要做的，就是看穿愛情的浪漫，認清這條路的困難，從零開始，一點一滴，想著的不是從滿分開始扣分，一點一點失去愛，而是，從相遇的那一刻開始，我們本就是從很遠的地方，開始逐漸向彼此靠近，從一時好感，開始逐漸了解對方，從陌生變得熟悉，直到成為親人。

認真來說，每一段戀愛也都是遠距離，重點是，你們是否一直心向著對方，是否有能力、有耐心穿越這些障礙、距離、困難，逐漸走在一起。

#美麗的失敗

原來相愛不一定可以相守，
當彼此都盡力了，或者已經走不下去了，
就坦然接受彼此無法成為戀人吧，
接受關係的不能成功，讓它成為一場美麗的失敗。

日前在網路上看見年輕時交往過的對象的消息，短短的影片裡，他穿了黑襯衫、戴著銀框眼鏡，早過中年的他，看起來不顯老，感覺上比當年更好看了，歲月似乎終於讓他找到了自己的形狀，長成了一種穩定自在的樣子。

影片裡的他鎮定自若，是我沒見過，也沒有想像過的樣子。是啊，以前我到底有沒有真正地認識他呢？我總覺得他是個巨人，是會把神奇事物帶到我身邊的人，可以帶給我強烈的快樂。但實際上相處時，我又覺得他像是任性的孩子，好像不知道這樣說、那樣做，那些忽來忽去的變化、無心的舉動會多麼地令我傷心。

很多愛情裡的傷害，不是出於對方故意，而是因為自己的期盼過高，當愛情落入現實中，難免有實現上的落空，即使彼此有相愛的意願，也未必能夠好好地相處。當年我們浪漫地相遇，彼此傾心，雖然年紀有些差距，卻都將彼此視為自己靈魂上失落的一半，他曾在信上寫著：「我們手中握有打開對方心靈的鑰匙。」突如其來的相遇與相知，讓我們把愛情堆成高高的積木，彷彿只要畫出藍圖，什麼都可以實現。

我記得我們在異國的相逢，我記得我是如何帶著行李千里迢迢去找他，我記得我們海誓山盟，度過了最美的一個月，我以為我們可以這樣相愛到永久。

具體上他到底對我做了什麼使我這般傷心，即使當時，或現在，我也無法好好說明，真要說的話，就是在相處過後，我赫然發現他其實無法跟人生活在一起，無法兌現相守的承諾，他對我說：「我發現我還沒有準備好跟人一起生活。」我因為發現自己的一廂情願而感到羞辱，也因為期待太高，不知如何面對感情裡的挫敗，整個人失去了方向。我們試著要修補關係，嘗試要溝通，卻發現彼此除了海誓山盟，除了那些關於文學電影藝術的話語，除了觀念上的契合，根本不知道一對情侶要如何面對衝突，處理失落，我們陷入了極度的悲傷與挫折裡，關係越來越差，最後我心碎地離開，他陷入了自責與焦慮。我們花了很長的時間才真正地分手。

無論當時或者後來，無論發生什麼，我們從沒有說出任何難聽的話，不曾指責或教訓對方，我們只是手足無措地看見自己的失敗，親眼看到一個美夢的破碎，徒勞地想要補救，但既無法改變自己，也沒能改變對方。

當時我因為他一句「我還沒有準備好」而覺得難堪、傷心，好像已經說出承諾沒能做到都是他的錯，但實際上我自己又準備了什麼？愛情哪裡是一個人全部的責任？這世上怎會有人必須要承擔起你全部的幸福，把美好生活貢獻給你？愛情是一起創造出來的，而當時的我，卻只是想要被愛，被照顧。想要他像神燈巨人那樣吹一口氣，將我的痛苦悲傷全部取消，帶給我幸福，但現實生活裡，沒有誰可以因為愛你而拯救你，恐怕當時的我，愛人的能力比他還差，他至少還努力想要帶給我快樂，而我想要的卻只是被拯救。

表面上看來，他是個無法兌現承諾，不敢與人親密的人，好像我們之間變成這樣都是他的錯，但經過時光推移，我才知道，我自己也是無法兌現承諾，有親密關係障礙的人，我也是在後來漫長的時光裡，經過很多次感情的失敗，才看清了自己的問題。愛情不只是一種渴望，不只是一份熱情，愛人需要能力，實現一份愛需要很多很多條件配合，兩個人要創造出一份屬於他們的生活，是一件非常困難的事。

我看著影片裡的他，自在從容的樣子，不知道他是不是也曾在某個地方，看到我現在的樣子，知道我沒有被損壞，後來的我修補了自己，並且學會了愛人，也過著平靜美好的生活。

我們當時相互吸引，恐怕也是因為那時的我們有很多相似的地方，我們打開了彼此的靈魂，卻無法面對那個靈魂帶來的困擾，當時的我們都沒有準備好，恐怕都還不知道作為一個好的情人，成為別人的伴侶，到底是怎麼回事？需要具備什麼能力。

看見他現在的樣子，知道他過得好，不管單身或有伴，知道他在專業上的成果，感受到他仍像當年那樣懷抱著熱情，還在鑽研著他鍾愛的事物，我覺得很開心。我期盼他在感情上也找到了可以相伴的人，以自己可以接受的方式成長，他再也無須內疚或混亂於不知如何面對我。

原來相愛不一定可以相守，當彼此都盡力了，或者已經走不下去了，就坦然接受彼此無法成為戀人吧，接受關係的不能成功，讓它成為一場美麗的失敗，甚至，那不能說是失敗，相愛的心意是真的，諾言是真的，無法實現也是真的，在這些真實之上，愛情只是不能關係上繼續而已，那份愛並沒有被取消。

有時我會想，如果那時我們熬過去了，我們會變成什麼樣的戀人呢？

奇怪的是，我一直都無法繼續想像後來的我們，那個我們本來計畫好的，在青山綠水之地，蓋一個小屋，過著田園生活，到底是何模樣？原來在建造那個小屋之前，我必須要成為一個作家，而他也有他必須要成就的事，我們面前還有很長很長的，自我完成之路。我或許真的要離開他，才有機會好好獨立、成熟，那些他說好要帶我去的國家，我後來都親自去過了，有許多我們想要一起實現的事，我也都完成了，我想他一定也是一樣，沒有誰失去誰世界就會毀滅，有一種愛，在人生的某一個階段裡，扮演著啟蒙的角色，或許你會因為失去而感到傷心，但這份失落，卻開啟了你真正的成長。

無論身在何方，都祝福你，希望你過得好，我也要告訴你，我過得很好，請不要擔心。

www.booklife.com.tw　reader@mail.eurasian.com.tw

圓神文叢 280

不是所有親密關係都叫做愛情

作　　者／陳雪
發 行 人／簡志忠
出 版 者／圓神出版社有限公司
地　　址／台北市南京東路四段50號6樓之1
電　　話／（02）2579-6600．2579-8800．2570-3939
傳　　真／（02）2579-0338．2577-3220．2570-3636
總 編 輯／陳秋月
主　　編／吳靜怡
專案企畫／賴真真
責任編輯／吳靜怡
校　　對／吳靜怡．林振宏
美術編輯／蔡惠如
行銷企畫／詹怡慧．陳禹伶
印務統籌／劉鳳剛．高榮祥
監　　印／高榮祥
排　　版／杜易蓉
經 銷 商／叩應股份有限公司
郵撥帳號／18707239
法律顧問／圓神出版事業機構法律顧問　蕭雄淋律師
印　　刷／祥峰印刷廠

2020年9月　初版
2023年6月　12刷

定價 350 元　ISBN 978-986-133-727-2

年輕時你想著的總是將來的我們，以及永遠的我們，好像時光不曾也不會偷走或置換，任何你心愛的事物。

——《不是所有親密關係都叫做愛情》

國家圖書館出版品預行編目資料

不是所有親密關係都叫做愛情 / 陳雪著.
-- 初版. -- 臺北市：圓神，2020.09
304面；14.8×20.8公分（圓神文叢 ；280）
ISBN 978-986-133-727-2（平裝）

863.55　　　　109010069